I0610935

DIE RETTUNG VON SADIE

Die Rettung von Sadie (Die Delta Force Heroes, Buch Neun)

SUSAN STOKER

Die Delta Force Heroes:
Die Rettung von Rayne
Die Rettung von Emily
Die Rettung von Harley
Die Hochzeit von Emily
Die Rettung von Kassie
Die Rettung von Bryn
Die Rettung von Casey
Die Rettung von Wendy
Die Rettung von Sadie
Die Rettung von Mary (Demnächst erhältlich!)

SEALs of Protection:
Schutz für Caroline
Schutz für Alabama
Schutz für Fiona

Die Hochzeit von Caroline
Schutz für Summer
Schutz für Cheyenne
Schutz für Jessyka
Schutz für Julie (Demnächst erhältlich!)

<u>Ace Security Reihe:</u>
Anspruch auf Grace (Buch Eins)
Anspruch auf Alexis (Demnächst erhältlich!)

KAPITEL EINS

Sadie begegnete dem Mann, der vor ihr stand, ohne Furcht.

Sean Taggart mochte dank seiner Zeit als Green Beret in der Lage sein, auf zwanzig lautlose Arten töten zu können, aber für sie war er einfach nur Onkel Sean. Sie kannte ihn erst seit sechs Jahren, seit er Tante Grace geheiratet hatte, aber er hatte sie immer unterstützt, egal was sie vorhatte, und sie und ihre Tante Grace wie Prinzessinnen behandelt.

Diesmal nicht.

»Onkel Sean, das ist doch lächerlich.«

Sean verschränkte die Arme vor der Brust und machte das Gesicht, das er immer machte, wenn er nicht zufrieden war. Er zog die Augenbrauen zusammen, presste die Lippen aufeinander und kniff die

Augen zusammen. »Das ist es nicht, und das weißt du auch.«

»Und warum kann ich nicht mit dir nach Dallas fahren?«

Ihr Onkel seufzte. Sie hatten das schon besprochen, aber Sadie gab einfach nicht auf.

»Weil Jonathan immer noch nicht gefunden wurde. Captain Jackson hat mir versprochen, weiterhin auf dich aufzupassen, bis er festgenommen wurde.«

Sadie schüttelte den Kopf. »Aber wenn ich mit nach Hause käme, könntest *du* doch auf mich aufpassen.«

Sean betrachtete sie mit liebevollem Blick. Dann sagte er mit sanfter Stimme: »Du hast recht, das könnte ich. Aber ich glaube, wir wissen beide, dass dir meine Art, dich zu beschützen, nicht gefallen würde. Und das Gleiche gilt für Ian. Oder für sonst jemanden, den wir mit deinem Schutz beauftragen.«

Sie wusste genau, was er damit meinte, ohne dass er es sagen musste. Sean war überfürsorglich. So wie Ian und wahrscheinlich auch die meisten anderen Männer, die für McKay-Taggart arbeiteten. Sie konnte mit deren Überfürsorge und Herrschsucht umgehen ... aber nur bis zu einem gewissen Punkt. Wenn sie es rund um die Uhr ertragen müsste, könnte das ihrer Beziehung schaden. Und das wollte sie auf keinen Fall.

»Ich kann doch wieder bei den Eltern von Milena bleiben«, schlug Sadie fast verzweifelt vor. Vielleicht würde sie es sogar rechtzeitig zu Milenas Überraschungs-Verlobungsparty schaffen. Vielleicht wollte sie nicht einer von McKay-Taggarts überbehüteten Kunden werden, aber genauso wenig wollte sie weiterhin so eng mit Chase Jackson zusammen sein.

Von der Sekunde an, in der sie den Mann gesehen hatte, hatte sie ihn gewollt. Es war, als hätte ihr Körper gesagt: *Das ist er. Das ist der Mann, den ich will.*

Leider musste er sie damals vor einem verrückten, perversen Pädophilen retten und jetzt hatte sie Angst, dass er das Gefühl hatte, sie nur beschützen zu wollen, anstatt sie ebenfalls zu begehren. Sie wohnte seitdem bei ihm und schlief in dem Gästezimmer in seiner Wohnung, aber die Dinge zwischen den beiden waren äußerst seltsam, was vor allem an der unglaublichen sexuellen Chemie zwischen ihnen lag. Dann hatte ihr Freund TJ, ein Autobahnpolizist aus San Antonio, angerufen und gesagt, das FBI hätte vor Kurzem die Meldung bekommen, dass jemand Jonathan Jones gesichtet hatte. Nun war Chase davon überzeugt, dass es sicherer wäre, sie in einer Wohnung über der Garage eines Freundes unterzubringen. Sadie fühlte sich wie ein Pflegekind, das von einem Heim zum anderen weitergereicht wurde und eigentlich nirgendwo hingehörte.

»Milenas Mann kann nicht auf euch beide aufpassen«, erwiderte Sean trocken und beantwortete damit ihre vorhergehende Frage darüber, ob sie nicht bei den

Eltern ihrer Freundin unterkommen könnte. »TJ hat genug damit zu tun, dafür zu sorgen, dass Milena und sein Sohn in Sicherheit sind. Und nicht nur das, wenn du nach San Antonio zurückkehren und bei Milenas Eltern wohnen würdest, würdest du sie ebenfalls in Gefahr bringen. Pass auf, ich weiß ja, dass du dich nicht allzu gut mit Chase verstehst, aber du musst ihn nur noch so lange aushalten, bis ich dieses Arschloch Jones gefunden und dafür gesorgt habe, dass er keine Bedrohung mehr darstellt.«

Sadie schluckte. Es war ja nicht so, als würden Chase und sie sich nicht verstehen; sie wusste einfach nur nicht, worüber sie sich mit ihm unterhalten sollte. Dabei mochte sie ihn. Sehr sogar. Und jedes Mal, wenn sie in seiner Gegenwart den Mund aufmachte, sagte sie Dinge, die sie nicht meinte. Aber wenn sie weiterhin protestierte, würde Onkel Sean misstrauisch werden und vielleicht Fragen stellen. Und sie wollte auf gar keinen Fall, dass ihr Onkel und Chase wussten, wie sehr sie den ausgesprochen attraktiven Captain der Armee *tatsächlich* mochte.

Anscheinend konnte man ihr ihre Unsicherheit jedoch am Gesicht ablesen, denn Sean sagte: »Bei Jackson bist du in Sicherheit, Sadie. Wenn er nicht bereits für unser Land arbeiten würde, würde ich ihn auf der Stelle für Ian anheuern. Außerdem weiß Jonathan dank der Medien jetzt, wer ich bin. Wer *du* bist.

Und der erste Ort, an dem er nach dir suchen wird, ist Dallas.«

»Also engagierst du weiterhin Chase als meinen Babysitter«, stellte Sadie bitter fest.

Der Blick, mit dem er sie jetzt bedachte, hatte vorher nur selten, wenn überhaupt schon jemals ihr gegolten. Darin lag Enttäuschung. Und das tat weh, besonders von Onkel Sean. »Es geht hier nicht ums Babysitten«, erklärte er. »Und die Tatsache, dass du es überhaupt so genannt hast, zeigt mir, dass dir der Ernst der Lage nicht bewusst ist.«

»Es tut mir leid«, erwiderte Sadie sofort. »Es ist mir durchaus bewusst, wie ernst die Lage ist. Es ist nur so ... ich glaube, Chase mag mich nicht besonders und ich falle ihm nur ungern zur Last.«

Sean sah sie einen Moment lang mit einem Gesichtsausdruck an, den Sadie nicht zu deuten wusste. Schließlich sagte er: »Manchmal vergesse ich, wie jung du noch bist. Tatsache ist jedoch, dass direkt nach deiner Rettung Jackson an *mich* herangetreten ist mit der Bitte, dich beschützen zu dürfen. Nicht ich habe ihn gefragt.«

Sadie starrte ihren Onkel ungläubig an. »Das hat er getan?«

»Ja, das hat er getan.«

»Aber ... er war in der Schule so wütend auf mich, nachdem er mir geholfen hatte. Ich hatte nicht das

Gefühl, dass er überhaupt in meiner Nähe sein wollte.«

»Und kannst du ihm einen Vorwurf daraus machen? Er hat sich um dich gesorgt. Das haben wir alle«, lautete die schlichte Antwort ihres Onkels.

»Aber ich bin jetzt schon einen Monat lang hier. Wie lange muss ich wohl noch hierbleiben?«, fragte sie und bezog sich damit auf Fort Hood, wo Chase lebte und arbeitete.

»Solange es eben sein muss. Bitte tu das. Für Grace und mich. Wir möchten sicher sein, dass du in Sicherheit bist, während wir uns um das Arschloch kümmern. Es wird nicht mehr allzu lange dauern, bis wir ihn erwischt haben.«

Und wenn er sie so nett bat, wie konnte sie ihm da widersprechen? »Na gut.«

»Vielen Dank.«

»Aber bitte gib nicht mir die Schuld, wenn Chase dich anruft und dich anfleht, mich ihm abzunehmen.«

Sean lächelte sie an, als wüsste er etwas, was sie nicht wusste, aber er antwortete nicht. Stattdessen schlang er die Arme um sie und hielt sie für einen langen Moment fest.

Sadie schloss die Augen. Sean war ein großer Mann und Sadie hatte seine Umarmungen schon immer geliebt. In den Armen ihres Onkels zu liegen gab ihr das Gefühl, dass ihr nichts etwas anhaben konnte. Er und die anderen bei McKay-Taggart hatten sich Sorgen gemacht, als sie sich nach San Antonio aufgemacht hatte, ohne wirklich jemandem zu sagen, wohin sie fuhr und für wie lange. Aber als sie anrief und ihm sagte, dass sie bei ihrer Freundin Milena bleiben und ihr mit ihrem Kleinkind helfen würde, hatte Sean ihr nicht die Leviten gelesen, was sie sehr zu schätzen gewusst hatte. Sadie war unverhofft in eine Verhaftung an Milenas Arbeitsplatz, der Bexar County Schule und Waisenhaus für Mädchen, verwickelt worden, und danach konnte sie nicht mehr abreisen, besonders als klar wurde, dass Milena wegen Sadies Beteiligung in Gefahr sein könnte.

Natürlich hatte sie nicht gewusst, dass auch sie in Gefahr war, bis es zu spät war.

Das einzige andere Mal, dass sie sich so sicher gefühlt hatte, war in der Schule ... nachdem Chase sie in seine Arme geschlossen hatte.

Sean zog sich zurück und hielt sie auf Armeslänge von sich weg. »Du weißt, dass du mich immer anrufen kannst. Wenn du mich brauchst, melde dich einfach.« Es war keine Bitte, sondern ein Befehl.

Sadie nickte.

»Und wenn du einen Job im Restaurant haben willst, wenn du nach Hause kommst, dann kannst du ihn haben.«

»Danke, Sean«, entgegnete Sadie. Das Restaurant ihres Onkels, Top, gehörte zu den beliebtesten Restaurants in ganz Dallas. Dort zu arbeiten wäre auch kein

Mitleidsjob; es würde hektisch und geschäftig zugehen. Wenn sie ihren Job bei McKay-Taggart nicht zurückbekommen würde, wäre es eine gute Alternative für sie.

Als könnte Sean ihre Gedanken lesen, sagte er: »Ian hat mir gesagt, dass die Dinge nicht mehr so sind wie früher, seit du weg bist. Er bekommt jetzt tatsächlich seine Anrufe und kann sogar manchmal deinen früheren Schreibtisch sehen.«

Sadie lachte leise und boxte ihn spielerisch auf den Arm. »Halt den Mund. So schlecht war ich nicht.«

Sean sah sie einfach nur mit hochgezogenen Augenbrauen an.

»Okay, na gut. Ich war so schlecht. Aber immerhin habe ich dafür gesorgt, dass der Job erledigt wurde, und darin war ich wirklich gut. Und außerdem ... die wichtigsten Nachrichten haben sie immer alle bekommen, oder etwa nicht?«

»Das haben sie«, stimmte Sean zu. Das Grinsen auf seinem Gesicht erstarb und er sagte ernst: »Pass auf dich auf. Es gibt viele Menschen, die dich lieben.«

»Das werde ich«, erklärte Sadie ihrem Onkel.

»Ich bin so unglaublich stolz auf dich. Nicht viele Menschen würden bleiben, um einer Freundin zu helfen, die sie seit vielen Jahren nicht mehr gesehen haben. Und nicht nur das, du warst maßgeblich daran beteiligt, dass der Kindesmissbrauchsring gestoppt wurde und viele kranke Männer, die daran beteiligt waren, zu Fall gebracht wurden.«

Sadies Augen füllten sich mit Tränen. Erst in diesem Moment wurde ihr klar, wie sehr sie das Lob ihres Onkels brauchte. Sie hatte nicht gedacht, dass sie sich in Gefahr begeben würde, als sie nach San Antonio gereist war. Sie wollte nur Milena und ihren kleinen Jungen für eine Weile besuchen. Sie hatte sich übernommen, aber zum Glück war TJ, Milenas neuer Verlobter, nicht nur ein knallharter Polizist, sondern auch ein ehemaliger Scharfschütze der Delta Force, der wusste, was zu tun war, als die Kacke am Dampfen war.

Die Tatsache, dass ihr Onkel, der selbst ein knallharter Typ war, ihr sagte, er wäre stolz auf sie, half Sadie sehr, nicht allzu große Schuldgefühle zu haben wegen dem, was ihre Familie ihretwegen durchgemacht hatte und noch *immer* durchmachte.

»Danke«, murmelte sie.

»Aber falls du so was noch mal machst, sorge ich dafür, dass Ian dich an einen geheimen Aufenthaltsort bringt und rund um die Uhr von Wachen beschützen lässt. Und das ist kein Scherz.«

Sadie machte große Augen und sah ihren Onkel schockiert an. Würde er ihr wirklich Leibwächter auf den Hals jagen? Ja, das würde er.

Bevor sie antworten konnte – obwohl sie keine Ahnung hatte, was sie sagen sollte –, steckte Chase

Jackson den Kopf in den kleinen Raum im Polizeirevier, wo sie sich mit Sean getroffen hatte. Sie hatten über Jonathan gesprochen und waren über die Suche nach ihm auf dem Laufenden gehalten worden.

Abgesehen von der gemeldeten Sichtung in San Antonio, die Chase Jackson zu der Entscheidung veranlasst hatte, sie in die Garagenwohnung seines Freundes zu verlegen, hatte es keine weiteren Neuigkeiten gegeben. Mit jedem Treffen wurde Sadie frustrierter. Der Mann war ein Meister darin, sich in Luft aufzulösen. Aber das hatte sie ja bereits gewusst und es hatte sich herausgestellt, dass Jonathan und sein inzwischen verstorbener, ebenso perverser Vater Jeremiah die ganze Zeit in San Antonio gelauert und auf den perfekten Moment gewartet hatten, um gegen Milena und ihren Sohn und auch Sadie vorzugehen.

»Alles okay?«, fragte Chase, der offensichtlich gesehen hatte, wie überrascht sie von den letzten Worten ihres Onkels gewesen war.

Sadie blickte zu ihm hinüber.

Er war wirklich gut aussehend. Dunkles Haar und braune Augen, die sie immer mit einer Intensität anstarrten, die sie zum Zappeln brachte. Selbst wenn er angezogen war, konnte man ihm ansehen, dass sein ganzer Körper ausgesprochen muskulös war. Sie wollte mit ihren Händen an seinem Körper auf- und abstreichen, um seine Muskeln zu spüren, hatte sich aber bisher zurückgehalten.

Chase war auch ein paar Zentimeter größer als sie. Sie hatte sich nicht immer zu großen Männern hingezogen gefühlt, aber die Zeit, die sie mit ihrem Onkel und seinen Freunden verbracht hatte, hatte das geändert. Sie fühlte sich immer beschützt, wenn sie in ihrer Nähe waren. Das lag zum Teil an dem, was sie beruflich taten, aber auch daran, dass sie sie mit ihren Frauen beobachtete. Sie nahmen ihre Frauen unter ihre Fittiche, zogen sie an die Seite oder schoben sie hinter ihren eigenen Körper, wenn sie dachten, es gäbe eine Bedrohung.

Sadie hatte noch nie einen Jungen oder Mann gehabt, der sie so beschützt hätte. Andererseits hatte sie nie wirklich beschützt werden *wollen*. Aber als sie Sean, Alex, Ian, Liam, Jake und Adam mit ihren Frauen beobachtete, wurde ihr allmählich klar, dass ihr vielleicht etwas entging. Jemanden zu haben, der sich ständig um ihr Wohlergehen kümmerte, wäre alles andere als eine Qual.

Und Chase hatte ihr auf jeden Fall das Gefühl gegeben, dass er sie beschützte. In der Sekunde, in der sie ihm nach ihrer Flucht vor Jonathan in der Schule begegnet war, war sie nicht mehr verrückt vor Angst, sondern von Chases männlichem Duft umgeben, und das hatte sie beruhigt.

Aber Chase konnte auch echt merkwürdig sein. Er benahm sich ihr gegenüber mal so, mal so. In der einen Minute war sie sich sicher, dass er sie wollte, und in der nächsten behandelte er sie wie eine nervige kleine Schwester. Der letzte Monat war eine Tortur gewesen, weil er ständig in ihrer Nähe war und sie nicht wusste, was er wirklich von ihr hielt.

Die alte Sadie hätte ihn darauf angesprochen. Aber seit sie von Jonathan Jones in dieser Schule gefangen gehalten worden war, fühlte sie sich bei fast allem unsicher. Sie hasste es, nicht mehr die Wahnsinns-Sadie zu sein, die sie früher gewesen war, und arbeitete daran, wieder zu dieser Person zu werden, doch es war ein schleichender Prozess.

»Ich verabschiede mich nur gerade von Sadie«, entgegnete Sean, wandte sich von ihr ab und beugte sich vor, um Sadies Tasche aufzuheben. »Grace hat dir ein paar Sachen gepackt«, erklärte er seiner Nichte und gab ihr die Tasche. »Sie dachte, es könnte dir gefallen, ein paar deiner eigenen Sachen zu haben.«

Sadie nickte. Es war keine Überraschung, dass Tante Grace daran gedacht hatte, ihr ein paar mehr ihrer Lieblingskleider zu packen. Jedes Mal wenn ihr Onkel gekommen war, um nach ihr zu sehen, hatte er ihr ein paar weitere Teile aus ihrem Kleiderschrank mitgebracht. Es würde nicht mehr lange dauern und Grace hätte ihr den gesamten Inhalt ihrer Wohnung geschickt. Es sah jetzt tatsächlich schon so aus, als wäre sie bei Chase eingezogen.

»Gib auf meine Nichte acht«, befahl Sean Chase.

»Sie wird bei mir auch weiterhin in Sicherheit sein«, entgegnete Chase.

Die beiden Männer sahen sich lange an. Schließlich nickte Sean. »Ich werde mich bei dir melden.«

Dann beugte er sich vor, küsste Sadie auf den Kopf und war verschwunden.

Als sie sich zu Chase umdrehte, hielt sie die Tasche wie einen Schild vor sich.

Er streckte die Hand aus. »Gehen wir?«

Sadie schluckte und nickte. Dann legte sie ihre Hand in seine und ließ sich von ihm aus dem kleinen Raum führen.

KAPITEL ZWEI

Chase Jackson versuchte, nicht auf Sadies Hintern zu glotzen, als sie die Treppe zu dem Apartment über Cormac Fletchers Garage hinaufstieg, scheiterte aber. Schließlich war er auch nur ein Mensch.

In dem Moment, in dem er Sadie Jennings zum ersten Mal gesehen hatte, wollte er sie haben. Er wollte sie mit einer Intensität, die aus dem Nichts aufgetaucht war. So etwas hatte er noch nie zuvor für eine Frau empfunden. Als bräuchte er sie wie die Luft zum Atmen.

»Bist du sicher, dass es kein Problem ist, wenn ich hier wohne?«, fragte Sadie, als sie den Schlüssel ins Schloss steckte.

»Wir.«

»Wie bitte?«, fragte sie offensichtlich verwirrt.

»Wir«, wiederholte Chase ruhig. »Und ja, Fletch hat

überhaupt nichts dagegen, dass *wir* hier wohnen, während dein Onkel und die Polizei weiterhin versuchen, Jonathan zu erwischen.«

Sadie erstarrte – sie hatte eine Hand am Türknopf und hielt mit der anderen ihre Tasche fest, als hinge ihr Leben davon ab. »Ich bin davon ausgegangen, dass du nur tagsüber bei mir bist.«

Chase drängte Sadie sanft zur Seite und drückte die Tür auf. Er legte seine Hand auf ihr Kreuz und führte sie in die Wohnung. Er nahm ihr die Tasche aus der Hand und ließ sie auf den Boden fallen, bevor er sie in den Wohnbereich führte, in dem eine Couch, ein kleiner Couchtisch und ein Fernseher standen.

»Chase?«

»Ich kann nicht für deine Sicherheit sorgen, wenn ich nicht hier bin, Sadie.«

»Aber ... dein Freund von der Delta Force wohnt doch nebenan. Ich dachte, das sei der Grund dafür, warum ich ausgerechnet hier unterkommen soll«, protestierte Sadie.

»Ja, das ist ein Grund dafür, warum du hier in Sicherheit bist. Mal ganz abgesehen von den Kameras, die überall auf dem Anwesen platziert sind. Aber wenn du denkst, dass ich mich nur auf ihn und seine Kameras verlasse, um dafür zu sorgen, dass du in Sicherheit bist, bist du verrückt.« Chase wandte sich der Frau zu, die seine Gefühle seit dem Tag, an dem er sie kennengelernt hatte, auf den Kopf stellte.

Sie sah ihn verwirrt an und kaute auf ihrer Unterlippe, die Brauen zusammengezogen. Dann sah sie auf ihre Hände und mied seinen Blick. Er wollte sie schütteln, gleichzeitig wollte er sie in die Arme nehmen und ihr sagen, dass sie sich nie wieder um etwas kümmern müsste.

Ihr rotbraunes Haar hing in Locken um ihr blasses, sommersprossiges Gesicht. Er liebte es, wie sich ihre kleine, nach oben gerichtete Nase krauszog, wenn sie verwirrt war, und wie ihr Gesicht rosa leuchtete, wenn sie sich schämte oder aufgeregt war. Ihre Augen waren haselnussbraun mit etwas Grün und funkelten, wenn sie von etwas sprach, für das sie sich begeisterte ... was fast alles war. Sie war groß, um die einsfünfundsiebzig, und kurvenreich. Ihre Hüften waren breit und sie hatte einen kleinen Bauch, der ausgesprochen niedlich war und überhaupt nicht störte. Ihre Arme und Beine waren muskulös; er wusste aus Gesprächen mit Sean Taggart, dass sie während ihrer Zeit in Dallas mindestens zweimal pro Woche mit den Männern und Frauen der McKay-Taggart-Gruppe trainiert hatte und sich behaupten konnte.

Aber es war mehr als ihr Aussehen, das ihn anzog. Es war ihre Persönlichkeit. Sie war loyal, sowohl ihren Freunden als auch ihrer Familie gegenüber. Sie war entschlossen und mitfühlend. Sie war zäh, furchtlos und hatte meistens keine Angst, ihre Meinung zu sagen.

Sadie sah sich in der kleinen Wohnung um.

»Aber es gibt nur ein Schlafzimmer.«

Chase hätte ihr am liebsten gesagt, dass sie es sich teilen könnten, aber er wollte nicht, dass sie sich unwohl fühlte. »Ich schlafe auf der Couch.«

Sadie blickte ihn skeptisch an und dann sagte sie direkt: »Ich bin kein kleines Kind mehr, Chase. Ich kann hier auch alleine wohnen. Du kannst zu Hause bei dir schlafen und dann am Morgen herkommen, wenn du das Bedürfnis hast, den Babysitter für mich zu spielen.«

»Ich möchte etwas klarstellen, Fünkchen, wenn ich in deiner Nähe bin, ist das Letzte, woran ich denke, das Babysitten. Wie alt bist du, fünfundzwanzig? Nur zwei Jahre jünger als ich?«

»Ja«, erwiderte sie widerstrebend, denn es gefiel ihr gar nicht, dass sie Chase dieselben Worte an den Kopf geworfen hatte wie ihrem Onkel. »Aber du benimmst dich, als wärst du viel älter«, sagte sie verteidigend, als er nichts erwiderte.

Chase grinste sie an. Verdammt, sie war süß.

»Und steh da nicht rum und grinse mich an«, sagte sie beleidigt und verschränkte die Arme vor der Brust.

Sofort wurde Chase ernst. »Ich habe viel durchgemacht«, erklärte er nüchtern. »Zu viel. So viel, dass ich dich auf keinen Fall hier alleine lassen werde, wenn dieses Arschloch da draußen ist und darauf brennt, dich in die Finger zu kriegen. Das ist in keiner Weise

Babysitten. Ich kann dich beschützen, Fünkchen. Darauf kannst du dich verlassen.«

»Warum nennst du mich so?«, fragte sie, anstatt auf seine etwas übertriebene Ansprache einzugehen.

»Was meinst du ... Fünkchen?«

»Ja.«

Chase grinste. »Du hast rotes Haar. Eine explosive Persönlichkeit. Wie Feuer. Das passt zu dir. Es gefällt mir.«

Sadie starrte ihn lange an, bevor sie schließlich die Augen verdrehte und sagte: »Glaubst du, so wurde ich noch nie genannt? Dann erzähle ich dir mal was, man hat mich wegen meines roten Haares schon so ziemlich alles Mögliche genannt: Chucky, Rotschopf, Rote Zora, Karottenkopf, Ronja Räubertochter, Feuermuschi – das Letzte kam von dem Arschloch an der Uni, das sich für Gottes Geschenk an die Frauen hielt und sauer war, weil ich ihn nicht beachtete –, Rotkäppchen, Pippi Langstrumpf, Annie und einmal sogar Garfield. Wenn man es genau nimmt, ist Fünkchen da gar nicht so einfallsreich.«

Chase machte einen Schritt auf sie zu und sie trat etwas zurück, straffte die Schultern und blickte ihn böse an. Er streckte die Hand aus und zog an einer ihrer Locken. Er wickelte sich die Strähne um den Finger, bevor er ihr sanft mit seiner großen Hand über die Wange strich, und lächelte sie an. »Ich würde dir gegenüber niemals so respektlos sein und etwas Abfälliges zu dir sagen. Fünkchen ist lieb gemeint und außerdem ein Kompliment. Du lässt dir von niemandem etwas gefallen und die Leidenschaft, die in dir brennt, passt zu der Farbe deines Haares. Beides ist wunderschön und ich respektiere dich wie verrückt.«

»Oh.«

Seine Hand lag noch immer an ihrer Wange, als Chase sich zu Sadie lehnte, und zwar so nahe, dass er die Bodylotion mit dem Jasmin-Duft, die sie an jenem Morgen verwendet hatte, riechen konnte. »Gibt es sonst noch etwas, das ich klarstellen sollte?«

Ihre Augen wirkten in ihrem Gesicht riesengroß, als sie zu ihm aufstarrte. Sie stand stocksteif da, als hätte sie Angst, sich zu bewegen. »Warum tust du das alles?«, flüsterte sie. »Du magst mich doch noch nicht mal.«

»Ich mag dich nicht?«, fragte er ungläubig. »Glaubst du das wirklich?«

Sie nickte. »Ich habe gehört, wie du meinem Onkel am Telefon gesagt hast, dass ich impulsiv bin, und zwar nicht auf die gute Art. Außerdem hast du gesagt, dass es dumm gewesen wäre, dass ich zu der Schule gegangen bin, um Milena zu helfen, obwohl ich schon einen Verdacht hatte, was dort vor sich ging. Du hast ihm gesagt, dass er mir anscheinend gar nichts beigebracht hat in der Zeit, in der ich für McKay-Taggart gearbeitet habe, und das, obwohl ich die einzige Empfangsdame war.«

»Und?«, fragte Chase, als wäre das alles völlig ohne Belang.

»Und? Du hast ihm sogar gesagt, dass du denkst, ich bräuchte einen ›Babysitter‹.«

Als er nicht weitersprach, fragte Chase: »Hast du sonst noch etwas gehört?«

Sadie schüttelte leicht den Kopf, ihre Haarsträhne war noch immer um seinen Finger gewickelt. »Nein. Danach bin ich gegangen. Ich hatte genug gehört.«

»Du hast nicht lange genug gelauscht, Sadie. Deswegen hast du auch nicht gehört, wie ich deinem Onkel erzählt habe, dass du für jemanden, der kein konventionelles Training abgelegt hat, ein ausgesprochen gutes Gespür dafür hast, wie man mit einer Notfallsituation umgeht, und außerdem war ich verdammt beeindruckt.«

Ihr blieb der Mund offen stehen und sie starrte ihn schockiert an.

»Und du hast auch nicht gehört, wie ich gesagt habe, dass es vielleicht unverantwortlich von dir war, weiterhin bei Milena zu arbeiten, dass ich dich aber trotzdem für unglaublich mutig halte, weil du es überhaupt gewagt hast, die Organisation auffliegen zu lassen, und dann trotzdem weiter zu ihr gegangen bist, um sie zu beschützen, und das, obwohl du ziemlich genau wusstest, was den Mädchen hinter den Mauern dieses Höllenlochs angetan wurde.«

Sadie ließ hörbar ihren Mund zuschnappen.

»Ich mag dich, Sadie Jennings. Mir gefällt zwar vielleicht nicht immer, was du tust, aber ich verstehe, warum du tust, was du tust. So bist du eben einfach.«

»Du magst mich?«

Chase hätte am liebsten gegrinst, weil sie so verdammt süß war, tat es aber nicht. »Ja, Fünkchen, ich mag dich. Und zwar so sehr, dass allein der Gedanke, dass Jonathan dich in die Finger bekommt, mir körperliches Unwohlsein bereitet. Ich habe den gesamten letzten Monat darum gekämpft, die Zustimmung von meinem Kommandanten zu erhalten, dass du mir offiziell zum Schutz unterstellt wirst. Damit ich dafür sorgen kann, dass du in Sicherheit bist. Das Waffenlager, das das FBI in den geheimen Tunneln der Schule fand, reichte aus, um diese Genehmigung zu erhalten. Panzerfäuste sind nicht die Art von Waffen, die der Durchschnittsbürger zur Verfügung haben sollte. Während dein Onkel, seine Freunde und Brüder und das FBI Jonathan aufspüren und die Bedrohung, die über dir schwebt, beseitigen, werde ich für deine Sicherheit sorgen. Mit der Hilfe von Fletch, Ghost und den anderen.«

»Das ist doch lächerlich, Chase. Es wird mir nichts passieren. Onkel Sean sorgt schon dafür, dass ich in Sicherheit bin«, erklärte Sadie ihm. »Vierundzwanzig

Stunden am Tag auf mich aufzupassen muss doch ganz schön langweilig sein.«

Chase verstärkte den Griff seiner Hand in ihrem Haar. »Eigentlich nicht.«

Sadie seufzte frustriert. »Ich gehe dir auf die Nerven. Ich bin dir im Weg. Lass mich doch einfach nach Hause, Chase.«

Sein Gesichtsausdruck wurde weicher, trotzdem schüttelte er den Kopf. »Jonathan wollte dich vergewaltigen, Fünkchen. Das hast du selbst gesagt. Du hast ihnen erzählt, er wollte unbedingt, dass du von ihm schwanger wirst, damit er dann deine Babys entführen konnte. Glaubst du wirklich, er wird einfach aufgeben und mit dem Schwanz zwischen den Beinen das Weite suchen?«

Sie biss sich auf die Lippe und blickte von ihm weg.

Chase konnte ihr ansehen, dass sie genau wusste, dass Jonathan niemals aufgeben würde, sie zu suchen. Sie war für ihn zur Obsession geworden. Chase wusste auch, dass Sadie nur zugestimmt hatte, mit ihm in seiner Wohnung zu bleiben, weil sie dachte, dass Jonathan umgehend gefunden und verhaftet würde, und weil es dafür sorgen würde, dass Milena und ihr Sohn vorläufig in Sicherheit waren.

»Ich kann auf mich selbst aufpassen«, protestierte sie.

»Bitte lass mich das für dich tun«, entgegnete Chase leise.

»Warum?«

»Ich glaube nicht, dass du schon bereit dazu bist, zu wissen warum«, erklärte Chase ihr.

Davon fühlte sie sich offensichtlich auf den Schlips getreten. »Ich bin vielleicht jünger als du und auch kein Offizier in der Armee, aber ein Baby bin ich auch nicht. Ich habe die Lizenz, eine Waffe zu tragen, und ich habe viel gelernt, als ich bei McKay-Taggart gearbeitet habe. Und ich bin auch kein Opfer. Ich werde mich nicht ducken und weinen und nur darauf warten, dass dieses Arschloch mich findet. Und was verheimlichst du mir?«

»Du willst wissen, warum ich nicht möchte, dass du wieder zu deinen knallharten Onkeln zurückgehst? Zurück nach Dallas, wo es ein ganzes Team von Männern gibt, die für deine Sicherheit sorgen könnten? Denn ja, ich weiß, dass sie es können.«

Chase wartete, dass sie nickte, bevor er weitersprach. Er lehnte sich näher zu ihr, eine Hand in ihren Nacken gelegt, und hielt sie fest. Mit den Lippen strich er über ihr rechtes Ohr und brachte so ihre Welt zum Beben.

»Vor dem heutigen Tag hast du vielleicht geglaubt, ich würde dich nicht mögen, Fünkchen, aber eins solltest du wissen – du gehörst *mir*. Und ich werde persönlich dafür sorgen, dass dieses Arschloch von der Bildfläche verschwindet, damit der Kerl nicht mehr betrachten kann, was mir gehört. Damit er nicht anfassen kann, was mir gehört. Sodass er nicht mal an das *denken* kann, was mir gehört. Und dann, wenn er tot ist, werde ich dich heiraten – und den Rest meines Lebens damit verbringen, dafür zu sorgen, dass nie wieder ein anderes Arschloch denkt, es könne das Gleiche bei dir versuchen.«

Sadie schluckte und veränderte ihre Lage in seinem Griff. Sie sagte nichts, sondern starrte ihn nur schockiert an, als er von ihr zurückwich. Er hatte seine Hand noch immer in ihrem Nacken und konnte spüren, wie schnell der Puls in ihrem Hals hämmerte. Er ließ den Blick über sie gleiten und konnte die Lust in ihren Augen sehen, genau wie die Tatsache, dass ihre Brustwarzen sich aufgerichtet hatten.

»Also, lässt du es jetzt zu, dass ich auf dich aufpasse, oder willst du weiterhin davonlaufen und dich hinter deinen Onkeln verstecken?«

»Ich bleibe.« Als sie es sagte, hörte es sich eher wie ein Krächzen an denn Worte.

Er lächelte ... und spürte, wie die Erleichterung durch seine Adern floss. »Gut.«

»Aber ich bin nicht leicht zu ertragen, wenn ich eingesperrt bin«, warnte Sadie ihn und befreite sich aus seinem Griff.

»Ich bin ja auch nicht dein Gefängniswärter«, erwiderte er augenblicklich und ließ sie zurückweichen. »Ich habe nie behauptet, dass wir den ganzen Tag im Haus bleiben müssen. Solange keine offensichtliche

Gefahr besteht, können wir meine Schwester und ihre Freunde besuchen, zum Supermarkt gehen und eben solche Dinge tun, solange wir nicht übertreiben.«

»Für mich wäre es das Schlimmste, wenn wir immer nur herumsitzen würden«, grummelte Sadie.

»Wir müssen nicht herumsitzen ... außer du möchtest das.«

Chase konnte sich gerade so davon abhalten, sich zu ihr zu beugen und sie zu küssen, als sie auf seine Worte hin errötete. Er wusste nicht ganz genau, was sie dachte, konnte es aber wahrscheinlich erraten – weil er genau dasselbe dachte. Die Chemie zwischen ihnen war unfassbar. Er ließ den Blick zu ihrem Mund sinken und stellte sich zum tausendsten Mal vor, wie sich ihre Lippen wohl auf seinen anfühlen würden.

»Ich ... ich sollte wahrscheinlich besser auspacken«, murmelte sie. »Mal nachsehen, was meine Tante diesmal für mich in den Koffer gepackt hat.«

»Tu das«, entgegnete Chase, ohne den Blick von ihrem Mund abzuwenden.

Als sie sich über die Lippen leckte, verspannte sich jeder einzelne Muskel in seinem Körper und er war nur noch eine Millisekunde davon entfernt, sie an sich zu ziehen und sie nicht mehr loszulassen, bis sie beide um Atem rangen. Aber jetzt war nicht der richtige Zeitpunkt dafür. Er musste wachsam bleiben. Dafür sorgen, dass sie in Sicherheit war. Er machte einen weiteren Schritt zurück, um mehr Abstand zwischen sich und ihr zu schaffen.

Sie blickte zu ihm auf, als würde sie versuchen, seine Gedanken zu lesen, wich dann allerdings seitlich aus und ging zur Eingangstür, wo er beim Betreten der kleinen Wohnung ihre Tasche fallen gelassen hatte. Chase sah dabei zu, wie sie zur Tür des Schlafzimmers eilte und dann dahinter verschwand.

Er fuhr sich mit der Hand durch sein dunkelbraunes Haar und versuchte, seinen eisenharten Ständer zu vergessen. Auf so engem Raum mit Sadie zusammenzuleben würde sich als ausgesprochen schwierig erweisen. Er hätte sie gern in seiner Wohnung behalten. In seinem Reich. In seinem Bett. Aber ihm war klar, dass sie hier sicherer wäre, wo Fletch ihm dabei helfen konnte, sie im Auge zu behalten. Er versuchte, sich einzureden, dass sie irgendwann schon wieder in seine Wohnung ziehen würde ... und zwar freiwillig.

Er hatte nicht gelogen. Er wollte Sadie Jennings. Wollte sie heiraten. Er wollte sie so fest an sich binden, dass sie nicht nur nicht mehr loslassen *wollte*, sondern es auch gar nicht mehr könnte. Er wollte sie so sehr wie noch nie zuvor etwas in seinem Leben.

Er hoffte nur, dass Sean Taggart nicht das Bedürfnis hatte, ihn zu kastrieren, wenn er herausfand, wie sehr er den Körper seiner Nichte beschützte.

KAPITEL DREI

Sadie befand sich in der Küche des kleinen Apartments und machte Mittagessen, wobei sie versuchte, Chase aus dem Weg zu gehen und herauszufinden, was genau da zwischen ihnen lief, als er in die Küche kam, um ihr zu helfen. Die Küche war nicht groß genug für sie beide, aber das schien er nicht zu bemerken ... oder es war ihm egal.

Als sie sich umdrehte, um den Kühlschrank zu öffnen, stieß sie gegen seinen Oberkörper. Er legte ihr die Hände auf die Hüften, lächelte sie an und sagte: »Entschuldige.«

Drei Minuten später, als sie nach dem Griff einer der Schränke langte, um einen Teller zu holen, war Chase da und legte seine Hand auf ihre, während er sie sanft aus dem Weg schob und ihr den Teller herunterholte.

Minuten später, als er seine Hände auf ihre Hüften legte und sie beiseiteschob, damit er an das Waschbecken gelangen konnte, hatte Sadie genug.

»Chase, diese Küche ist einfach nicht groß genug für uns beide. Ich erledige das schon. Geh ... setz dich irgendwohin oder so was.«

Er verstärkte seinen Griff und Sadie hätte schwören können, dass er seine Oberschenkel an ihren spüren konnte. »Ich will dir helfen, Fünkchen.«

»Ich mache doch nur Brote«, sagte sie, schloss die Augen und betete, dass er sie loslassen würde, bevor sie etwas Dummes tat, wie zum Beispiel sich umzudrehen und sich ihm an den Hals zu werfen. »Vielleicht kannst du TJ anrufen und nachfragen, wie es Milena geht«, schlug sie vor und versuchte angestrengt, sich etwas einfallen zu lassen, das er *außerhalb* der Küche tun konnte.

»Das kann ich machen«, entgegnete Chase ruhig. Dann lehnte er sich zu ihr und flüsterte ihr ins Ohr, sodass sein warmer Atem an ihrem Hals ihr Gänsehaut auf den Armen verursachte. »Ich mag mein Sandwich mit Mayonnaise.«

Verdammt, sie steckte in Schwierigkeiten. Ihr Körper reagierte nämlich auf seine Worte, als hätte er gesagt, er wolle ihr die Kleider vom Leib reißen und sie genau hier und jetzt in der Küche nehmen, anstatt ihr mitzuteilen, wie er sein Mittagessen haben wollte.

Und sie konnte einfach nicht vergessen, was er vorher an jenem Tag gesagt hatte.

Du gehörst mir. Und ich werde persönlich dafür sorgen, dass dieses Arschloch von der Bildfläche verschwindet, damit der Kerl nicht mehr betrachten kann, was mir gehört. Damit er nicht anfassen kann, was mir gehört. Sodass er nicht mal an das denken kann, was mir gehört. Und dann, wenn er tot ist, werde ich dich heiraten – und den Rest meines Lebens damit verbringen, dafür zu sorgen, dass nie wieder ein anderes Arschloch denkt, es könne das Gleiche bei dir versuchen.

Die Worte waren jetzt genauso schockierend wie zuvor. Er hatte seither nichts Unangemessenes getan und es nicht wieder zur Sprache gebracht. Aber der Abstand, den er zwischen ihnen gehalten hatte, als sie in seiner Wohnung gewesen waren, war jetzt verschwunden. Er berührte sie ständig, seit er erklärt hatte, sie gehörte ihm. Er drückte seine Schulter gegen ihre. Er berührte ihre Hand mit seiner, wenn sie nebeneinander gingen. Wenn sie ehrlich zu sich selbst war, musste sie zugeben, dass sie seine Berührungen liebte, obwohl sie sich nicht sicher war, wie sie reagieren sollte, und das verwirrte sie.

Sadie nickte steif zu seiner Bemerkung über Mayonnaise und hielt den Atem an, bis er sich zurückzog und seine Hände von ihren Hüften nahm.

Erst als er die Küche verlassen hatte, ließ sie die Luft heraus, die sie angehalten hatte. Sie machte die

Brote fertig, bevor sie die Küche verließ. Sie stellte den Teller mit Chases Sandwich neben seinen rechten Ellbogen und setzte sich auf die andere Seite des kleinen Tisches.

»Setz dich hierhin«, befahl Chase ihr sanft. »Ich möchte dir zeigen, was TJ mir geschickt hat.« Er zeigte auf den geöffneten Laptop vor sich.

Widerwillig, da sie wusste, dass sie nicht genügend Zeit gehabt hatte, ihre Verteidigung gegen ihn zu stärken, stellte Sadie ihren Teller ab und zog einen Stuhl heran. Der wunderbare Geruch, der von Chase ausging, füllte ihre Nase und sie versuchte, die Reaktion ihres Körpers zu unterdrücken. Leder und Pfefferminz.

Dass er nach Leder roch, war leicht zu verstehen. Es lag an der Jacke, die er beim Betreten der Wohnung ausgezogen hatte. Aber das Pfefferminz war schwieriger zu erklären. Sie hatte nicht gesehen, wie er Pfefferminzbonbons gegessen hatte, und sie hielt ihn nicht für die Art von Mann, die irgendein Eau de Cologne tragen würde, geschweige denn etwas, das nach Pfefferminz roch.

Nachdem sie es sich auf ihrem Sitz bequem gemacht hatte, griff Chase rüber und zog ihren Stuhl näher heran, dann drehte er den Laptop so, dass sie den Bildschirm sehen konnte.

Dort war ein E-Mail von TJ. Sie überflog schnell die kurze Notiz.

· · ·

Chase,

die Dinge sind im Moment ruhig. Milena und JT geht es gut. Erzähl es niemandem, aber sie ist schwanger. Wir sind völlig aus dem Häuschen und Milena bat mich, dafür zu sorgen, dass Sadie es erfährt.

Wir haben Jonathan weder gesehen noch von ihm gehört, aber seit das FBI den Hinweis erhielt, dass er in der Gegend gesichtet wurde, halte ich sorgfältig Ausschau. Ich weiß es zu schätzen, dass du deinen befehlshabenden Offizier und den General des Stützpunktes über die Geschehnisse an der Schule aufgeklärt hast ... Ich wurde offiziell von allen Konsequenzen für die Tötung von Jeremiah freigesprochen.

Oh ... und bitte richte Sadie noch einmal meinen Dank aus. Sie hätte nicht mehr bleiben müssen, nachdem die Schule geschlossen worden war. Sie ist eine gute Frau und in unserem Haus immer willkommen. Sie ist verdammt zäh und ich bin froh, dass Milena eine Freundin wie sie hat.

TJ

PS: Bitte richte Sadie aus, Milena möchte, dass sie bei unserer Hochzeit ihre Trauzeugin ist. Wir haben noch kein Datum, aber sobald Jonathan festgenommen wird, sollte sie bereit sein, wieder hierherzukommen, denn ich warte keine Sekunde länger als nötig, um Milena offiziell zu meiner Frau zu machen.

· · ·

Sadie schluckte schwer und musste sich beherrschen, um ihre Tränen zurückzuhalten. Sie hatte nur getan, was Milena an ihrer Stelle auch für *sie* getan hätte. »Hast du schon geantwortet?«, fragte sie Chase und bemühte sich, ihre Stimme normal klingen zu lassen. So war sie normalerweise gar nicht. Sie wollte eigentlich nicht einfach losheulen.

Er sah sie lange an, dann nickte er schließlich. »Ja. Ich habe gesagt, dass du sie grüßen lässt und dir Gedanken um Milena machst. Außerdem habe ich ihm zugestimmt, dass du ziemlich hart im Nehmen bist, und ihm gesagt, dass ich sauer war, dass ich es nicht geschafft habe, zu dir zu kommen, bevor Jonathan Hand an dich legen konnte.«

»Ich bin auch nicht härter im Nehmen als jeder andere. Ich habe einfach getan, was getan werden musste.« Sie griff nach ihrem belegten Brot und machte den Mund auf, um hineinzubeißen. Doch dann wanderte ihr Blick zu Chase – und sie hielt mitten im Biss inne, weil er sie so ansah. »Was ist?«

»Als du mir nicht erzählt hast, was in jenem Raum passiert ist, habe ich selber Erkundigungen eingezogen.«

Sadie wurde bleich, weigerte sich jedoch, nach Chases Köder zu schnappen. Vielleicht bluffte er nur. Vielleicht wusste er gar nicht wirklich, was sie getan hatte. Doch seine nächsten Worte zerstörten diese Hoffnung.

»Du hast den Bundesagenten eine vollständige Erklärung gegeben. Ich habe meine Beziehungen spielen lassen und eine Kopie bekommen.«

»Dazu hattest du nicht das Recht«, entgegnete Sadie und betrachtete das Brot in ihrer Hand statt den Mann neben sich. Sie wollte nicht, dass irgendjemand irgendwann alles herausfand, was zwischen Jonathan und ihr vorgefallen war.

Dann kam ihr plötzlich etwas in den Sinn. Schnell hob sie den Kopf und starrte Chase mit panischem Blick an. »Aber du hast es doch nicht meinem Onkel oder TJ erzählt, nicht wahr?« Nur die Bundesagenten wussten, was sie in den Stunden durchgemacht hatte, in denen sie allein mit Jonathan Jones festgesessen hatte. Und sie wollte, dass das auch so blieb.

Und selbst die Bundesbeamten wussten nicht *alles*.

»Nein, Fünkchen, ich habe es niemandem gesagt.« Er streckte die Hand aus und ergriff ihr Kinn, sodass sie ihm in die Augen sehen musste. »Warum? Warum hast du es getan? Du hättest entkommen können. Du hattest die Gelegenheit.«

»Auf keinen Fall hätte ich Milena allein in der Schule mit Jonathan und seinem Vater zurückgelassen. Was für ein Mensch wäre ich, wenn ich sie zurückgelassen hätte, um für die Folgen meiner Flucht zu büßen?«

Chase strich ihr mit den Fingern übers Haar und

ließ seine warme Hand seitlich an ihrem Hals liegen. »Sag mir, was passiert ist«, befahl er.

»Das weißt du doch schon«, protestierte sie.

»Erzähle es mir trotzdem.«

Sadie kämpfte mit sich. Sie hätte am liebsten all das hinter sich gelassen, doch das war nicht möglich, solange Jonathan noch nach ihr suchte. Solange sie nicht in ihrem eigenen Haus lebte und jemanden brauchte, der ihren Schutz gewährleistete und dafür sorgte, dass Jonathan nicht plötzlich hinter einem Baum hervorsprang und sie zu all dem zwang, was er ihr angedroht hatte.

»Ich wachte von der Droge auf, mit der Jonathan uns betäubt hatte, und sah Milena neben mir, immer noch bewusstlos. Er hatte uns losgebunden, also stand ich auf, fiel ein paarmal hin, bevor ich mein Gleichgewicht wiederfand, und ging zu einem Fenster hinüber. Mir wurde klar, dass wir in der Schule waren, und ich versuchte, mir einen Plan zu überlegen, wie wir dort rauskommen konnten. Ich hätte wahrscheinlich aus dem Fenster klettern und in der Nacht verschwinden können, aber ich konnte Milena nicht alleine dortlassen. Dann hörte ich, wie Jonathan und sein Vater sich in der Nähe unterhielten.« Sadie erschauderte, als sie sich daran erinnerte, wie hilflos sie sich gefühlt hatte.

»Sie haben darüber gesprochen, dass Jeremiah Milenas Sohn mit nach Mexiko nehmen würde, um dort eine neue Schule zu beginnen, nicht wahr?«, fragte Chase.

Sadie nickte. »Ja. Dann hat Jeremiah Jonathan gefragt, ob er ihn wenigstens lange genug ›hochbekommen‹ würde, um mich zu schwängern. Jonathan erklärte seinem Vater, dass er meine Bluse hochgehoben hätte, um meine Brüste anzustarren, und obwohl sie zu groß waren, würde er einfach die Augen zumachen und sich die Babys vorstellen, die ich ihm schenken würde, und dadurch könne er ihn hochbekommen.«

Sadie atmete tief durch, schloss die Augen und versuchte, die Übelkeit zu unterdrücken, die sie bei dem Gedanken an Jonathan Jones, der ihren Körper betrachtete, während sie bewusstlos war, zu überwältigen drohte. Von allem, was er getan hatte, hatte schon das allein die Macht, sie zu brechen.

Nun, das und was er zu ihr gesagt hatte, als er sie in einem der Zimmer in der Schule mit Handschellen an das Bett fesselte.

»Du bist perfekt«, sagte Chase leise.

Sadie öffnete schnell die Augen wieder und starrte Chase an.

»Sie sind nicht zu groß. Deine Brüste sind perfekt.«

Sie wusste nicht genau, wie sie darauf reagieren sollte, aber schließlich gewann ihr Sinn für Humor. Sadie verdrehte die Augen und lachte leise, bevor sie sagte: »Danke. Glaube ich zumindest.«

Sie lächelten einander an, bevor Chase bat: »Erzähl weiter. Was war sonst noch?«

Sadie seufzte. Sie würde ihm nur sagen, was sie auch den Bundesbeamten gesagt hatte, und die Dinge auslassen, die sie noch keiner Menschenseele erzählt hatte – und das würde sie auch nie, das hatte sie sich geschworen. »Jeremiah hat gesagt, er würde es sich noch einmal überlegen, Jonathan mit sich nach Mexiko zu nehmen, wenn er ihm irgendwann eines meiner zukünftigen Babys überließe. Sie fingen einen Streit an, und zwar einen ziemlich heftigen, und Jonathan drohte, Milena etwas anzutun. Also habe ich dafür gesorgt, dass sie wussten, dass ich wach bin, indem ich gegen die Tür getrommelt habe. Das hat sie abgelenkt, und Jonathan kam und zerrte mich aus dem Zimmer. Das war's. Das war alles, was ich getan habe.«

»Das war's?«, fragte Chase ungläubig. »Du hättest dich aus dem Zimmer schleichen können, während sie sich stritten. Aber das hast du nicht getan. Du bist geblieben. Und ganz offensichtlich bist du Jonathan so lange auf die Nerven gegangen, bis er sich entschlossen hat, dich gleich dort zu vergewaltigen, anstatt einfach mit dir zu verschwinden. Du hättest ihn nicht reizen sollen, Fünkchen. Das war nicht besonders schlau.«

»Ich weiß, ich weiß. Er hatte einfach die Nase voll davon, dass ich mich gegen ihn wehrte und ihn beschimpfte, also hat er mich wieder gefesselt. Ich nehme an, er wartete darauf, dass sein Vater mit Milena fertig war, was auch immer er ihr antat. Er ... er hat mich k. o. geschlagen und ... als ich wieder aufwachte, machte er sich einen Spaß daraus, mir Angst damit einzujagen, wie meine Zukunft aussehen würde. Dann zerrte er mich in das Zimmer, in dem sein Vater Milena und JT festhielt. Sie verabschiedeten sich voneinander und ... dann brachte Jonathan mich in jenen Raum, aus dem ich geflohen bin, als wir uns zum ersten Mal trafen. Wenn du so ein großartiger Experte bist, dann sag mir doch mal, Chase, was hätte ich anders machen sollen?«

Chase sah sie einen Moment lang an. Sie versuchte, keine Schuldgefühle zu haben, weil sie nicht alles erzählt hatte, aber sie wollte nicht über das nachdenken, was sie getan hatte. Und ganz bestimmt wollte sie es Chase nicht erzählen. Sie behielt den Blick auf ihn gerichtet, ließ ihn sehen, dass sie wirklich wissen wollte, was sie seiner Meinung nach hätte tun sollen.

Als er nicht sofort antwortete, fragte sie: »Chase?«

Er hatte die Lippen zu einer grimmigen Linie zusammengepresst und schüttelte schließlich den Kopf. »Ich weiß es auch nicht.«

Diese Antwort überraschte Sadie. Sie war davon überzeugt gewesen, er würde ihr sagen, sie hätte fliehen oder sich verstecken sollen, oder versuchen sollen, eine Waffe zu finden ... irgendwas in der Art.

Er sprach weiter. »Ich hätte in deiner Situation wahrscheinlich genau das Gleiche gemacht. Besonders wenn es darum ging, dafür zu sorgen, dass JT nichts passiert. Allerdings gefällt es mir nicht, dass du dich deswegen in Gefahr begeben hast. Und ich hoffe bei Gott, dass du niemals wieder in eine solche Situation gerätst.«

»Weil ich eine Frau bin?« Sadie kannte Chases Einstellung, was Frauen bei Kampfeinsätzen anging. Er war dagegen. Sie hatten schon einmal darüber geredet; und es hatte ihr damals genauso wenig gefallen wie jetzt.

»Ich weiß, dass du meinen Standpunkt in dieser Sache weder verstehst noch gutheißt, Fünkchen«, begann er, »aber darf ich dir erklären, warum ich diese Einstellung habe? Und diesmal, ohne dass du mich unterbrichst oder versuchst, meine Meinung zu ändern?«

Sadie errötete. Das hatte sie beim letzten Mal *tatsächlich* getan. Immer wenn er versucht hatte, seine Gedankengänge zu erklären, war sie ihm ins Wort gefallen. Das war kindisch von ihr gewesen und sie bedauerte es jetzt. Sie wollte mehr über ihn als Mensch herausfinden, und dazu gehörten auch seine Prinzipien. »Ja.«

»Du weißt, ich gehöre einer Antiterroreinheit an.«

Sie nickte.

»Und du weißt auch, dass meine Schwester vor

einiger Zeit in eine Rebellion in Ägypten verwickelt war, richtig?«

Sadie nickte wieder.

»Richtig. Kurz danach wurde ich nach Übersee entsandt. Ich hatte darum gebeten, zu einer Spezialeinheit, einem Team von Delta Force-Männern, versetzt zu werden. Ich wollte Ghost ein bisschen besser verstehen, da es offensichtlich ist, dass wir irgendwann miteinander verwandt sein werden. Das Team, in das ich eingegliedert wurde, erhielt Informationen über den Verbleib einer entführten Soldatin. Sie war Lkw-Fahrerin. Sie hatte einfach nur ihren Job gemacht, ohne in den Kampf verwickelt gewesen zu sein. Aber weil sie eine Frau war, wurde der Konvoi ausgewählt. Sie töteten die Männer, die mit ihr unterwegs waren, und entführten sie. Das Delta Force-Team erhielt Informationen darüber, wo sie festgehalten wurde, und wir machten uns auf den Weg.«

Sadie hatte ein ungutes Gefühl, wohin die Geschichte führen würde. Sie legte ihre Hand zur Stütze auf Chases Oberschenkel. Er legte seine Hand auf ihre und redete weiter, als wäre ihm gar nicht klar, was er getan hatte.

»Jeder weiß, dass Amerika alles tut, um die im Einsatz verschollenen Soldaten zurückzuholen. Und genau darauf hat der Feind gebaut. Sie ließen absichtlich Informationen über den Aufenthaltsort der Frau durchsickern und legten sich dann auf die Lauer. Wir fuhren los und bevor wir auch nur in die Nähe der Koordinaten kommen konnten, wurden die Humvees, in denen wir uns befanden, in die Luft gejagt. Die Terroristen warteten nicht einmal, um sich davon zu überzeugen, dass wir tot waren. Überall waren Körperteile und Blut. Männer, die ich kennen und respektieren gelernt hatte, waren verschwunden, einfach so.«

Er schnippte mit dem Finger und bei dem Geräusch fuhr Sadie erschreckt zusammen.

»Soweit ich sehen konnte, war außer mir nur noch ein Mann am Leben. Aber ich dachte nicht, dass er überleben würde. Er war unter einem der Fahrzeuge eingeklemmt und blutete stark. Ich war ganz sicher nicht in der Lage, ihm zu helfen. Ich wurde ohnmächtig und als ich zu mir kam, war der Mann weg. Ich schätze, die Terroristen sind zurückgekommen, fanden ihn und nahmen ihn gefangen. Ich habe keine Ahnung, was mit ihm passiert ist, denn da ich nicht offiziell in der Einheit war, wurde ich nicht darüber informiert. Nach meiner Rückkehr habe ich versucht, im Computersystem der Armee nachzuforschen, aber ich habe nicht die nötige Erlaubnis.«

»Aber du bist doch Offizier, nicht wahr?«, protestierte Sadie, der das Herz brach.

»Ja, aber das bedeutet nicht automatisch, dass ich jede Information bekommen kann, obwohl ich damals selbst im Team war. Es liegt jedoch daran, dass er zur Delta Force gehörte.«

»Wie bist du da wieder rausgekommen?«, fragte Sadie und grub ihre Finger in sein Bein.

»Irgendwann kam eine andere Einheit vorbei, bemerkte das Gemetzel und so wurde ich gerettet.«

»Weiß deine Schwester darüber Bescheid?«

»Niemand weiß es. Ich habe es niemandem gesagt. Nur dir. Rayne weiß, dass ich verletzt wurde, aber sie weiß nicht, dass ich fast gestorben wäre. Jedenfalls will ich darauf hinaus, dass ich kein Problem damit habe, wenn Frauen bei der Armee sind. In vielerlei Hinsicht geben sie bessere Soldaten ab als Männer. Sie sind weniger hitzköpfig und vorsichtiger, was besonders dann von Vorteil ist, wenn die Situation leicht außer Kontrolle geraten kann.«

»Aber?«, hakte Sadie nach.

»Das ist *meine* ganz persönliche Einstellung«, erklärte Chase. »Nicht der offizielle Standpunkt der Armee. Erstens sind da die körperlichen Fähigkeiten. Es gibt einige Berufe, einschließlich Gefechtspositionen, für die Frauen aus körperlichen Gründen einfach nicht geeignet sind. Und dabei geht es nicht um etwas, das sie getan oder nicht getan haben, sondern darum, wie der weibliche Körper beschaffen ist. Manche Frauen könnten allein wegen der körperlichen Anforderungen zu Schaden kommen. Aber es ist mehr als das. Doch was viel schlimmer ist, es besteht immer die Gefahr, vom Feind missbraucht zu werden.« Er hielt eine Hand hoch, um sie davon abzuhalten, das Argument zu machen, von dem er wusste, dass es kam. »Mir ist klar, dass sowohl männliche als auch weibliche Soldaten der Gefahr von Folter und Vergewaltigung ausgesetzt sind, aber Tatsache ist, dass frauenfeindliche Terroristen möglicherweise eher bereit sind, weibliche Gefangene zu misshandeln. Es ist nicht die Schuld der Frau, das will ich damit ja keinesfalls behaupten, aber die Gefahr besteht durchaus. Es ist meiner eigenen Schwester passiert, als sie in Ägypten gefangen genommen wurde. Und auch der Lkw-Fahrerin, zu deren Rettung die Delta-Einheit abgestellt wurde.«

Sadie wusste nicht, wie sie reagieren sollte. Sie war ehrlich erschüttert. Sie hatte während ihrer Zeit bei McKay-Taggart einige erstaunliche Kämpferinnen getroffen. Und sie wusste, dass sie bis zu ihrem Tod für ihr Recht streiten würden, ihr Land auf dieselbe Weise zu verteidigen, wie es die Männer taten. Sie verstand, dass für jemanden wie Chase der Gedanke, dass eine Frau missbraucht werden könnte, sei es seine Schwester oder jemand anderes, selbst eine Form der Folter sein musste, aber sie hatte immer noch mit seinen Ansichten zu kämpfen. Und doch konnte sie zugeben, dass die von ihm beschriebene Situation umso abscheulicher erschien, je ehrenwerter der Mann war.

Als könnte er ihre Gedanken lesen, sagte Chase: »Was das angeht, habe ich ziemlich traditionelle

Ansichten. Dagegen kann ich nichts machen. Hätte ich eine Frau als Vorgesetzte, würde ich sie natürlich ganz normal respektieren. Aber während eines Kampfeinsatzes ... da kenne ich mich zu gut. Ich würde mich ständig versichern wollen, dass sie nicht in der Schusslinie ist, und ich würde alles dafür tun, dass sie nicht in die Hände des Feindes gerät.«

»Aber glaubst du nicht, dass sie dasselbe für dich tun würde?«, wollte Sadie wissen. »Ich weiß genau, dass ich alles in meiner Macht Stehende tun würde, um in einer gefährlichen Situation meine Onkel oder die Männer und Frauen, die für McKay-Taggart arbeiten, zu beschützen.«

»Ich weiß, dass du das tun würdest. Aber was glaubst du, wie effektiv dein Onkel wäre, wenn er sich die ganze Zeit darüber Sorgen machen muss, dass *du* verletzt wirst?«

»Aber was ist mit *mir*?«, versuchte sie es erneut mit einem Gegenargument. »Wenn ich mich in einer Situation befände, in der Sean oder Ian oder jemand von McKay-Taggart in Gefahr wäre, meinst du nicht, ich würde mir Sorgen machen, dass auch derjenige verletzt wird? Du siehst das ganz falsch, Chase. Ich weiß, dass du alle beschützen willst, und das gefällt mir eigentlich ganz gut an dir, aber wenn zwischen dir und dem sicheren Tod nur eine Frau stünde, würdest du sie nicht zur Unterstützung an deiner Seite haben wollen? Damit du nach Hause zu deiner Schwester und denen, die du liebst, zurückkehren kannst? Und weißt du was? Auch *Männer* können vergewaltigt werden, nachdem sie gefangen genommen wurden. Es wäre für sie genauso schrecklich wie für eine Frau. Vielleicht sogar *noch* schrecklicher, weil Männer sich normalerweise um solche Dinge in ihrem täglichen Leben keine Gedanken machen.«

Sadie wusste, dass seine Überzeugungen so waren, weil Chase sich Sorgen um das andere Geschlecht machte, nicht weil er sich überlegen fühlte oder Macht und Kontrolle über Frauen ausüben wollte. Er hatte sich nicht über ihre kleine rosa Pistole in ihrer Handtasche beschwert, die sie überall mit sich trug. Hatte sich nicht darüber beschwert, dass sie mit Informationen über Jonathan und seinen Aufenthaltsort auf dem Laufenden gehalten werden wollte. Aber sie war trotzdem davon überzeugt, dass er falschlag.

»Jonathan hätte auch dir das antun können«, erklärte Chase, ohne auf ihre Bemerkung einzugehen. »Wenn die Dinge anders gelaufen wären, hätte er dich als Druckmittel bei Verhandlungen einsetzen können, denn er wusste zweifellos, dass wir nichts tun würden, was dir möglicherweise schaden könnte. Wenn du also diesen Tag, an dem du entführt wurdest, noch einmal durchmachen müsstest? Ich habe absolut keine Ahnung, was du anders hättest machen können. Ich hasse die Vorstellung, dass du in Gefahr warst, und es macht mich wahnsinnig, wenn ich daran denke, dass du an das Bett gefesselt und ihm ausgeliefert warst. Dieser Tag hätte wirklich ganz anders enden können, wenn du nicht getan hättest, was du getan hast. Wenn du nicht da gewesen wärst, um Jonathan abzulenken, während Jeremiah sich um Milena und JT kümmerte. Aber ich will verdammt sein, wenn du so etwas jemals wieder durchmachen musst.«

»Ich möchte auch nicht noch einmal in eine solche Situation geraten, Chase, aber noch mal, wenn Jonathan *dich* entführt hätte, hätte auch ich nichts getan, das dazu geführt hätte, dass du verletzt wirst. Es geht dabei nicht ums Geschlecht. Es geht darum, sich intelligent zu verhalten und die Fähigkeiten, die man sich angeeignet hat, zu nutzen, um die Situation zu meistern.«

Chase stimmte ihr nicht zu, aber er widersprach auch nicht. »Denke wenigstens mal darüber nach«, erklärte sie.

»Du bist ziemlich gut im Diskutieren, was?«, bemerkte Chase lächelnd.

»Ich war eine Zeit lang im Debattierklub der Uni«, sagte sie ihm. Sadie entschied sich für eine Art Waffenstillstand und drängte ihn nicht. Sie wollte das Thema nicht fallen lassen, aber sie würde ihm etwas Zeit geben, um über das nachzudenken, was sie gesagt hatte. Sie mochte es nicht, wenn sie nicht einer Meinung waren. So sehr sie auch kein Problem damit hatte, für ihre Überzeugungen einzutreten, zog sie es vor, wenn sie und Chase miteinander auskamen. Er war lustig und klug, und wenn er seinen Charme spielen ließ, konnte sie vergessen, dass sie im Grunde genommen mit ihm zusammenlebte, weil sie in Gefahr war.

Sie mochte Chase Jackson. Er war ehrenhaft und er erinnerte sie sehr an ihre Onkel ... aber nicht im familiären Sinne. Chase konnte kochen, er war kein Faulpelz, hatte eine gute Arbeitsmoral und stand seiner Schwester nahe. Alles gute Eigenschaften, wenn es nach ihr ging.

Das Fazit war, dass sie gern Zeit mit Chase und seinen Freunden verbracht hätte, hätte sie sich nicht vor Jonathan und den verrückten Dingen, die er ihr antun wollte, verstecken müssen. Vielleicht hätte sie sogar versucht, einen Weg zu finden, ihre verrückte Faszination für den Armee-Captain zum Ausdruck zu bringen. Er fühlte offensichtlich dasselbe. Es war weder der richtige Zeitpunkt noch der richtige Ort, aber zumindest hatte ihre Familie ihr beigebracht, sich das zu nehmen, was sie haben wollte. Und sie wollte herausfinden, ob die sexuelle Anziehung zwischen ihr und Chase so explosiv war, wie sie schien.

Sie wollte das Thema gerade auf etwas weniger Angespanntes und Explosives lenken, als es an der Tür klopfte.

KAPITEL VIER

Als Sadie aufstehen wollte, hielt Chase sie davon ab, indem er ihr eine Hand auf die Schulter legte. »Bleib hier. Ich gehe schon.«

Er wartete, bis sie nickte, und ging dann zur Tür. Chase konnte immer noch nicht glauben, dass er ihr von den Vorfällen in Übersee erzählt hatte. Er war noch immer nicht darüber hinweggekommen, und er wusste, dass ihn das zu einem anderen Mann gemacht hatte. Er kannte auch viele kompetente Soldatinnen, die ihm in den Arsch getreten hätten, wenn sie vermuteten, dass er sie nicht in der Nähe einer Kampfzone haben wollte, aber er konnte nicht aufhören, darüber nachzudenken, wie leicht sie gefoltert und misshandelt werden könnten, wenn sie gefangen genommen würden, und wie weit Männer wie das jetzt tote Delta Force-Team gehen würden, um sie zu retten.

Aber er hatte auch verstanden, was Sadie sagen wollte. Er kannte den Ruf der Agenten von McKay-Taggart. Die Frauen waren genauso beeindruckend wie die Männer und er wusste, dass sie die gleichen Anstrengungen unternehmen würden und auch unternommen hatten wie die Delta Force-Teams, in denen er gedient hatte, um Mitsoldaten und Zivilisten zu retten.

Er fuhr sich mit der Hand durchs Haar und wusste, dass er Sadie gegenüber irgendwann zugeben musste, dass sie recht hatte. Frauen waren mehr als fähig, sich zu behaupten, und genauso wahrscheinlich würden sie sich auch bemühen, die Männer zu schützen, mit denen sie dienten. Es war eine neue Denkweise für ihn, aber Chase war bereit, aufgeschlossen zu sein, wenn es bedeutete, Sadie näherzukommen.

Er schaute durch den Spion und blinzelte, als er sah, wer auf der anderen Seite stand. Er hatte Fletch oder vielleicht sogar seine Schwester erwartet, aber er hätte wissen müssen, dass er früher oder später diesen Besucher zu Gesicht bekommen würde.

Chase richtete sich auf und statt sofort die Tür zu öffnen, gestikulierte er zu Sadie. »Das hier musst du selbst erlebt haben.«

Perplex stand sie auf und rannte geradezu zu ihm. Chase riss die Tür auf und grinste, als Sadie praktisch der Mund offen stehen blieb.

»Hi!«, begrüßte Fletchs kleines Mädchen sie fröhlich, als sie sie sah. »Ich bin Annie. Ich wohne nebenan. Fletch ist mein Vater. Ich wollte rüberkommen, um nachzusehen, ob ihr vielleicht fernschaut.«

»Äh ...« Sadie blickte hinüber zu Chase.

Er hatte Mitleid mit ihr und kniete sich hin, um mit dem kleinen Mädchen auf Augenhöhe zu sein. »Du erinnerst dich noch an mich, richtig, Mäuschen? Rayne ist meine Schwester.«

Sie machte große Augen. »Oh ja! Bist du jünger oder älter?«

»Jünger.«

»Und hat es dir gefallen, eine ältere Schwester zu haben?«

»Ja.«

»Ich will unbedingt einen kleinen Bruder haben. Wirklich *unbedingt*, aber Mommy sagt, ich muss Geduld haben. Aber ich will ihn *jetzt* haben, damit ich mit ihm spielen kann. Meine Mommy hat ein Baby in ihrem Bauch, aber wir wissen noch nicht, ob ich ein Brüderchen oder Schwesterchen bekomme.«

Chase musste sich das Lachen verkneifen. Annie war so ernst. Er brachte es nicht übers Herz, sie darauf hinzuweisen, dass das Baby, das Emily erwartete, erst dann alt genug zum Spielen war, wenn Annie wahrscheinlich kein Interesse mehr daran hatte, weil sie ein Teenager wäre. »Aber beides wäre eine tolle Überraschung«, erklärte er dem kleinen Mädchen.

»Ja, vielleicht. Also … schaut ihr fern?«

Chase blickte Sadie an. »Schauen wir fern?«

»Äh … nein. Wir sind gerade mit dem Mittagessen fertig.«

»Cool.« Und damit ging Annie an Chase vorbei direkt in das kleine Wohnzimmer. Sie nahm die Fernbedienung vom Couchtisch, klickte auf den Fernseher und surfte durch ein paar Kanäle, bevor sie sich für eine Episode der *Power Rangers* entschied. Sie kletterte auf die Couch, zog ihre Knie bis zur Brust hoch und versank in dem Zeichentrickfilm.

»Also gut«, sagte Sadie und starrte dem kleinen Mädchen nach. »Sollen wir ihre Eltern anrufen und ihnen Bescheid sagen, dass sie bei uns ist?«

Chase schloss die Tür und drehte sich zu ihr um. »Das ist nicht nötig. Sie wissen, dass sie hier ist.«

»Und woher willst du das wissen?«

»Wenn sie meine kleine Tochter wäre, wüsste ich über jeden Schritt Bescheid, den sie außerhalb meines Hauses macht. Sonst würde ich sie auf keinen Fall herumwandern lassen. Außerdem hat Fletch überall auf dem Gelände Kameras installiert.«

»Oh, ja. Stimmt, das hast du mir erzählt.«

»Richtig. Ich wollte vorhin vorschlagen, dass wir meine Schwester anrufen und fragen, ob sie mit uns einen kurzen Einkaufsbummel machen will. Ich weiß, dass deine Tante mehr Sachen für dich gepackt hat, aber ich denke, es würde dir auch nichts ausmachen, einkaufen zu gehen. Und ich bin mir ziemlich sicher, dass du keine Lust hättest, mit mir einzukaufen, denn ich kaufe nicht ein, nicht direkt. Ich kaufe alles, was ich brauche, online ein. Aber da Annie wer weiß wie lange hier ist – und ich werde Fletch nicht unterbrechen, um ihn zu fragen, denn ich vermute, er nutzt es aus, dass seine Tochter außer Haus ist, und ist anderweitig beschäftigt; das ist nämlich genau das, was ich an seiner Stelle auch tun würde –, wie wäre es, wenn wir zusammen rumhängen, die Power Rangers schauen und wenn Annie geht, rufe ich meine Schwester an?«

Sadie sah schockiert zu ihm hoch. »Du willst einkaufen gehen? Mit mir? Ich dachte, wir müssen uns unauffällig verhalten, damit Jonathan mich nicht finden kann.«

»Wenn ich sage, dass wir einkaufen gehen, meine ich natürlich nicht, dass wir in ganz Temple herumhüpfen, sodass Jonathan mit uns machen kann, was er will. Aber ich weiß, wie wenig es dir gefällt, eingesperrt zu sein, und der letzte Monat war nicht gerade ein Zuckerschlecken. Ich versuche hier, zwei Fliegen mit einer Klappe zu schlagen ... dich für eine Weile aus dem Haus zu lassen und gleichzeitig dafür zu sorgen, dass du in Sicherheit bist. Es sei denn, du willst dich unterhalten. Wir können zum Beispiel über all das reden, was du bei der Erzählung der Ereignisse zwischen dir und Jonathan ausgelassen hast ...« Er beendete den Satz nicht.

»Einkaufen gehen hört sich toll an«, rief Sadie in einem aufgesetzt fröhlichen Ton.

Ihre Reaktion bestätigte nur seine Annahme, dass sie *tatsächlich* etwas ausgelassen hatte. Das gefiel ihm nicht, aber er würde sie nicht unter Druck setzen ... zumindest noch nicht. »Das habe ich mir schon gedacht.« Er sprach leiser weiter. »Es macht mir nichts aus, wenn du nicht darüber reden willst ... aber das bedeutet noch längst nicht, dass ich nicht versuchen werde, es herauszufinden. Und du solltest auf jeden Fall wissen, dass ich es vorhin ernst gemeint habe, Fünkchen. Du gehörst mir.«

Sie sah ihn schockiert an und Chase hoffte, dass sie verstand, was er meinte. Er wollte oder brauchte keine dominante/unterwürfige Beziehung, aber er wollte sich um Sadie kümmern. Er wollte dafür sorgen, dass sie alles hatte, was sie brauchte und wollte, sowohl innerhalb als auch außerhalb des Schlafzimmers. Genau das bedeutete es für ihn, dass sie ihm »gehörte«. Und dazu gehörte eben auch herauszufinden, was sie ihm bis jetzt verschwiegen hatte.

Er konnte an ihrem Gesichtsausdruck und an ihrer Körpersprache erkennen, dass sie in ihrer Erzählung über die Zeit, die sie mit Jonathan verbracht hatte, etwas ausgelassen hatte. Er hatte sie nicht gedrängt in der Hoffnung, dass sie sich umso sicherer fühlen würde, je mehr Zeit seit den Ereignissen in San Antonio vergangen war und je länger sie sich in seiner Nähe aufhielt. Aber es war offensichtlich, dass das, was zwischen ihr und Jonathan Jones geschehen war, sie immer noch beschäftigte. Und er wollte wissen, was es war, aber er wollte auch, dass sie das Bedürfnis hatte, ihm davon zu erzählen. Es ihm anvertrauen wollte.

»Hast du dir jemals einen *Power Rangers* Zeichentrickfilm angesehen?«, fragte Sadie und blickte sich zum Fernseher um. »Es ist zwar wahnsinnig gewalttätig, aber normalerweise gibt es auch immer eine wichtige Botschaft.«

»Mmmm«, murmelte Chase und ließ es zu, dass sie das Thema wechselte.

Chase nahm ihre Hand und staunte von Neuem darüber, wie gut es sich anfühlte. Er zog sie zur Couch hinüber und setzte sie hin. »Ich stelle die Teller weg. Bleib hier«, ordnete er an, als sie wieder aufstehen wollte.

Fünfundvierzig Minuten später klopfte es erneut an der Tür. »Ich gehe schon«, sagte Chase leise und bedeutete Sadie, sitzen zu bleiben. Obwohl er sich ziemlich sicher war, dass es einer von Annies Eltern auf der anderen Seite war, ließ er Sadie trotzdem nicht aufstehen. Erstens war sie immer noch in Gefahr, aber zweitens war es einfach nicht höflich.

Sein Vater hatte ihm eingetrichtert, dass es einfach ein paar Dinge gab, die Männer taten. Wenn zum Beispiel deine Frau im Halbschlaf auf der Couch liegt und ein siebenjähriges Kind auf ihrem Schoß sitzt, zwingst du sie *nicht* aufzustehen, um die Tür zu öffnen, dir ein Bier zu holen oder dir Abendessen zu machen.

Er vermisste seine Eltern. Sie waren viel zu früh bei einem seltsamen Flugzeugunglück auf ihrer Reise nach Alaska ums Leben gekommen, aber er hatte erst in dieser Sekunde begriffen, welche tieferen Auswirkungen ihre Abwesenheit hatte. Sie würden die Frau, die er heiratete, nie kennenlernen. Sie würden nie seine Kinder und deren Kinder kennenlernen. Und er würde seinem Vater nie sagen können, dass er absolut recht hatte, als er ihm vor all den Jahren versichert hatte, dass er es sofort wissen würde, sobald er die Frau fürs Leben kennenlernte.

Chase schlich sich leise an die Wohnungstür und blickte durch den Spion. Fletch. Mit einem Lächeln öffnete er die Tür.

»Hey.«

»Jackson«, entgegnete Fletch mit leichtem Grinsen. »Bei dir ist nicht zufällig ein kleines Mäuschen untergekommen, oder?«

»Das weißt du doch genau«, sagte Chase und trat von der Tür weg.

Fletch senkte die Stimme. »Tut mir leid, Mann. Ich

fand es einfach zu verführerisch, meine Frau mal eine Weile ganz für mich zu haben.«

»Das habe ich mir schon gedacht. Sie schaut *Power Rangers* mit Sadie.« Chase wandte sich zu dem kleinen Wohnzimmer um, aber Fletch hielt ihn auf, indem er ihm eine Hand auf die Schulter legte.

Er zeigte aufs Wohnzimmer. »Wie geht es ihr?«

Chase schüttelte den Kopf und senkte ebenfalls die Stimme. »Von außen wirkt sie ganz normal, aber ich glaube, es gibt da etwas, über das sie immer noch nicht redet, von damals, als sie alleine mit Jonathan in dieser Schule war. Wir wissen, dass er sie schwängern wollte. Aber abgesehen von den etwa fünf Minuten vor ihrer Rettung, als er versuchte, sie an ein Bett zu fesseln – was Teil des offiziellen Berichts ist –, ist sie sehr nervös, wenn es darum geht, über den Rest der Zeit zu sprechen, die sie allein mit ihm verbracht hat. Sie behauptet, er habe sie ein zweites Mal k. o. geschlagen.«

Fletch machte den Mund auf, als wollte er etwas sagen, schloss ihn dann jedoch wieder.

»Was?«

»Ich wollte dir nur sagen, egal was es ist, lass es langsam angehen. Sie benimmt sich zwar so, als könne sie es mit der ganzen Welt aufnehmen, doch hinter ihrer starken Fassade versteckt sich eine völlig verängstigte Frau.«

»Glaubst du, das wüsste ich nicht?«, fragte Chase.

»Ich möchte dir noch etwas sagen und ich hoffe, du

verstehst es nicht falsch. Ich kenne dich nicht besonders gut, aber ich weiß, dass du Raynes Bruder bist und sie wirklich alles für dich tun würde. *Alles.* Rayne ist in vielerlei Hinsicht wahnsinnig intelligent, aber sie ist außerdem nicht erfahren genug zu sehen, was ich und die anderen sehen. Irgendetwas brennt dir auf der Seele. Und irgendetwas brennt Sadie auf der Seele. Ich bin mir nicht sicher, was es ist oder wann es passiert ist, aber genau wie du weißt, dass Sadie sich etwas von der Seele reden muss, musst du das auch tun.«

»Es geht mir gut«, erwiderte Chase sofort.

Fletch hielt eine Hand hoch. »Ja, das behaupten wir alle und es ist kompletter Blödsinn. Ich behaupte ja nicht, du müsstest mit *mir* reden. Oder mit deiner Schwester. Aber du brauchst jemanden, bei dem du all deine Probleme loswerden kannst. Und zwar alle. Nicht nur die oberflächlichen Dinge. Ich habe im Laufe der Jahre im Team gelernt, dass man manchmal eine Wunde wieder aufstechen muss, damit sie nicht noch weiter schwelt.«

Die beiden Männer starrten sich an, ohne ein Wort zu sagen. Chase wusste, dass Fletch recht hatte, aber er war noch nicht bereit, mit jemand anderem über das Team der Delta Force zu sprechen, das getötet worden war. Er war sich nicht sicher, warum er es Sadie erzählt hatte, außer dass es sich richtig angefühlt hatte. Die guten Männer, die direkt vor seinen Augen in die Luft gesprengt wurden. Sie hatten Familien ... Kinder.

Warum er überlebt hatte und sie nicht ... Es hatte für ihn damals keinen Sinn ergeben und es ergab auch heute noch keinen Sinn für ihn.

Er nickte Fletch ein Mal zu. Ein kurzes Nicken mit dem Kopf.

Fletch erwiderte die Geste und klopfte Chase auf den Rücken. »Gut, also ... hat mein kleines Mäuschen irgendwelchen Ärger gemacht?«

»Natürlich nicht. Allerdings hast du mit ihr beide Hände voll zu tun«, erklärte Chase seinem Kollegen.

»Ja. Und das ist auch gut so.«

»Sie hat uns darüber informiert, dass sie gern einen kleinen Bruder hätte ... und zwar sofort.«

Fletch lachte leise. »Ja, das sagt sie uns auch jeden zweiten Tag. Wir erklären ihr dann, dass sie noch ein wenig geduldig sein muss. Dass das Baby im Bauch ihrer Mommy noch weiterwachsen muss, doch das scheint ihr egal zu sein.«

»Alles in Ordnung mit Em?«, fragte Chase vorsichtig.

»Es geht ihr gut. Mit dem Baby verläuft alles soweit ganz normal. Und in der Zwischenzeit nutzen wir ihre gesteigerte Libido voll aus.«

Chase lachte leise. »Das ist mir klar. Aber eins möchte ich klarstellen ...«

»Und das wäre?«

»Ich möchte nichts über das Liebesleben von

Ghost und meiner Schwester erfahren. Das wären einfach viel zu viele Informationen, okay?«

Fletch lachte laut auf. Als er sich wieder unter Kontrolle hatte, entgegnete er: »Ich werde es ihm mitteilen.«

»Ich weiß es zu schätzen.«

»Daddddddy!«

Fletch hatte gerade noch genügend Zeit, um sich umzudrehen und seine Arme zu öffnen, bevor ein kleiner Wirbelwind mit strubbeligen Haaren und kindlicher Freude sich ihm in die Arme warf. »Hey Mäuschen. Hattest du Spaß?«

Sie nickte an seiner Schulter. »Ja! Das Labyrinth-Monster hat die Power Rangers gefangen genommen, aber Ryan konnte seinen Verstand anstelle seiner Gewehre einsetzen und sie kamen frei. Aber dann war Fury wie, *peng, peng, peng, peng,* und der Ranger schoss zurück, *peng, peng, peng,* und die bösen Männer waren alle tot!«

Fletch schüttelte den Kopf. »Du solltest lieber was anderes schauen, Mäuschen.«

Annie runzelte die Stirn und sah zu ihm hoch. »Warum?«

»*Peng, peng, peng?*«

Das kleine Mädchen kicherte.

Chase grinste, als er sah, wie der große böse Soldat der Delta Force mit dem kleinen Mädchen kuschelte –

doch dann wandte er den Kopf um und betrachtete Sadie.

Sadie stand neben der Couch, hatte die Arme vor dem Körper verschränkt und war wie in Trance. Chase setzte sich in Bewegung, bevor sein Gehirn überhaupt geschaltet hatte.

Er stellte sich vor sie und fragte sanft: »Sadie?«

Sie schrak auf und sah ihn an. »Ja?«

»Alles okay?«

»Mhh, ja.«

»Woran hast du gerade gedacht?«

Sie zuckte mit den Achseln, sagte aber leise: »Nur an einige der Kinder in der Schule in San Antonio.«

Chases Blick wurde sanft, er hob die Hand und strich ihr zärtlich mit dem Daumen über die Wange.

Sie hob den Kopf ein klein wenig. »Sie waren so unschuldig. Jeremiah und Jonathan haben sie wirklich komplett verdorben. Sie haben ihnen eingeredet, dass das, was sie taten, normal sei. Dass es okay ist, wenn Erwachsene mit Kindern Sex haben. Und ich frage mich, wo sie jetzt wohl stecken, mit wem sie leben, was sie denken. Sie müssen so unglaublich verwirrt sein.«

Chase wusste nicht, was er sagen sollte, um sie zu trösten.

Fletch sagte hinter Chase: »Mit der Hilfe eines Therapeuten werden sie in Ordnung kommen, Sadie.«

Sie nickte, schien davon aber nicht überzeugt zu sein.

»Lass mich runter, Daddy«, erklärte Annie leise.

Fletch beugte sich vor und setzte Annie ab. Das kleine Mädchen ging sofort zu Sadie und schlang die Arme um ihre Taille. Annie legte den Kopf auf Sadies Bauch und hielt sie einfach fest.

Chase beobachtete, wie Sadies überraschter Blick von ihm zu Fletch und schließlich hinunter zu Annie ging. Er sah den Moment, in dem sie die eiserne Kontrolle verlor, an der sie sich festgehalten hatte. Sie legte ihre Arme um Annie und senkte den Kopf. Chase machte einen Schritt auf die beiden zu und legte eine Hand auf Annies Kopf und die andere auf die Seite von Sadies Hals. Sie standen einige Augenblicke lang so, bevor Annie den Kopf hob und zu der Frau aufblickte, um die sie die Arme gelegt hatte.

»Fühlst du dich besser?«

Sadie lächelte sie schwach an. »Ja, vielen Dank, Annie. Deine Umarmungen sind unglaublich.«

»Ich weiß«, erklärte Annie, als wäre ihr durchaus bewusst, dass ihre Arme magische Fähigkeiten haben und es keine große Sache wäre. »Möchtest du meinen Soldaten sehen? Ich hatte eigentlich zwei, aber ich habe den anderen meinem Freund gegeben. Er lebt in Kalifornien und wir werden irgendwann heiraten.«

»Wie bitte?«

Fletch mischte sich ein, bevor Annie ihre Erklärung abgeben konnte. »Jetzt nicht, mein Schatz. Sadie und Jackson müssen ein paar Dinge erledigen.«

»Was denn für Dinge?«, wollte Annie wissen und blickte hoch zu Sadie.

Sadie hatte auch keine Ahnung, also sah sie Chase fragend an.

»Wir treffen uns später mit Rayne.«

»Ooooh, Rayne habe ich schon seit Ewigkeiten nicht mehr gesehen!«, sagte Annie voller Freude. »Kann ich mitkommen? Bitte, bitte, bitte, bitte?«

»Du hast sie vor zwei Tagen gesehen, Annie. Und nein, du kannst nicht mit Chase und Sadie mitkommen. Wir fahren doch nach Fort Hood und schauen uns den neuen Hindernisparcours an ... weißt du noch?«

Ohne ein weiteres Wort wirbelte Annie von Sadie weg und lief zur Eingangstür. Sie riss sie auf und war verschwunden.

Fletch lachte leise. »Wusste ich doch, dass ihr das Feuer unterm Hintern macht. Das Mädchen mag Hindernisparcours mehr als ein Eichhörnchen Nüsse.«

Chase grinste.

»Jedenfalls vielen Dank, dass ihr heute Morgen auf Annie aufgepasst habt. Fast das ganze Team ist nicht da, aber ich dachte, ich könnte Ghost und Rayne einladen und wir könnten heute bei mir grillen. Kommt ihr auch rüber?«

Chase wandte sich an Sadie. »Da Fletch das größte Haus hat, ist er normalerweise derjenige, bei dem alle Feste und Versammlungen stattfinden.«

»Du willst, dass ich auch komme?«, fragte Sadie zögerlich.

»Warum denn nicht?«, fragte Fletch.

»Na ja ... weil Jonathan mich finden und entführen, wahrscheinlich auch vergewaltigen und töten will, und es ihm egal ist, wer sich ihm in den Weg stellt? Deine Frau und dein Kind kommen doch auch, richtig? Die Tatsache, dass ich dabei bin, könnte sie in Gefahr bringen.«

Bevor Fletch etwas sagen konnte, trat Chase an Sadie heran und drängte sie so weit zurück, dass sie gegen die Wand stieß. Er legte ihr die Hände auf die Hüften und hielt sie still, als er sagte: »Niemand wird dich entführen, Fünkchen. Fletchs Haus und Anwesen sind wahrscheinlich der sicherste Ort, an dem du dich aufhalten könntest ... alle Kameras sind mit Fletchs Uhr verbunden, also weiß er Bescheid, sobald auch nur jemand einen Fuß auf sein Anwesen setzt. Außerdem bin ich auch noch da. Ich sorge dafür, dass du in Sicherheit bist.«

»Wenn ihr euch sicher seid ... nichts liegt mir ferner, als jemand anderen, ganz besonders ein Kind, mit in diese schlimme Sache hineinzuziehen. Es ist schon schlimm genug, dass Jonathan und sein Vater diese Mädchen in Bexar missbraucht haben, aber dann haben sie JT auch noch mit hineingezogen –«

»Annie ist in Sicherheit«, bemerkte Fletch. »Ich weiß, dass du sie erst heute Morgen kennengelernt hast, aber sie kann sich ziemlich gut durchsetzen ... mehr als mir lieb ist, um ehrlich zu sein. Und es ist schließlich nur ein Grillabend, Sadie. Ein paar Männer und ihre Frauen, die Zeit miteinander verbringen, ein paar Bierchen trinken und leckeres Essen verspeisen. Mach dir nicht zu viele Gedanken darüber.«

»Wenn das so ist, würde ich sehr gern kommen«, erklärte Sadie. Sie wandte den Blick von Fletch zu Chase, der immer noch in ihrem persönlichen Raum stand.

»Fantastisch. Dann sehen wir uns später. Sagen wir so um fünf?«, fragte Fletch an Chase gewandt.

»Das hört sich gut an.«

Nachdem Fletch gegangen war, blickte Sadie Chase an. »Würdest du mich jetzt vielleicht loslassen, damit ich mich für unseren Einkaufsbummel fertig machen kann?«

Wollte er sie loslassen? Nein, eigentlich wollte er das nicht. »Nein.«

Sie sah ihn einen Moment lang überrascht an, dann zeigte sich Verärgerung in ihrem Ausdruck. »Chase, bitte lass mich los.«

Anstatt zu tun, worum sie ihn bat, machte er noch einen Schritt auf sie zu, bis seine Oberschenkel ihre berührten. Er ließ eine Hand an ihren Rücken gleiten und zog sie an sich, bis ihre Brüste seinen Oberkörper streiften.

Sie sah ihn mit vor Schreck weit aufgerissenen Augen und gerunzelter Stirn an. Sie hob die Hände und vergrub sie zu beiden Seiten seiner Hüfte unter seinem T-Shirt. »Chase –«

»Jonathan wird dich niemals anrühren. Sag mir, dass du mir das glaubst«, verlangte er von ihr.

Sadie versuchte einen Moment lang, ihn von sich wegzuschieben, doch als sie feststellte, dass er seinen Griff nicht lockern würde, seufzte sie nur. »Also gut. Ich glaube dir.«

Er hob seine Hand an ihr Kinn und neigte ihren Kopf so weit, dass sie nicht anders konnte, als ihm in die Augen zu sehen. »Und jetzt sag das noch mal, als würdest du es wirklich glauben.«

»Du bist genau wie ein paar von den Typen bei McKay-Taggart«, erklärte Sadie ihm. »Mit deinem Machogehabe, total sicher, dass du wie Superman bist und nichts und niemand dir etwas anhaben kann. Ich habe Neuigkeiten für dich – du kannst das nicht versprechen. Manchmal passieren Dinge eben einfach. Das weiß ich aus Erfahrung. Menschen werden verletzt. Sie verschwinden. Chase, du kennst Jonathan nicht. Du weißt nicht, wie er ist. Wenn er mich in die Finger bekommen will, wird ihm das auch gelingen. Und du kannst mich nicht jeden Tag rund um die Uhr beschützen. Irgendwann muss ich einfach nach Dallas zurückkehren. Zu meinem Job, zu meinem Leben. Er wird einfach auf mich warten. Das

Unvermeidliche aufschieben, bis du nicht mehr da bist.«

Chase wollte ihre Worte sofort widerlegen, aber er nahm sich einen Moment Zeit, um die Frau in seinen Armen zu begutachten, bevor er antwortete. Sie hatte die Hände in seinem Hemd vergraben, als ob er das Einzige wäre, was ihr Halt gab. Ihre Lippen waren zu einer dünnen Linie zusammengepresst und er konnte sehen, wie der Puls in ihrem Hals hämmerte. Sie war nicht wütend, sie war völlig verängstigt.

»Sag mir, was damals in diesem Raum passiert ist, Fünkchen«, befahl er ihr sanft.

Sadie schüttelte den Kopf.

»Bitte?«

Sie ließ den Blick nach unten rechts sinken, doch Chase ließ ihr Kinn nicht los. Schließlich hob sie den Blick wieder. »Ich möchte aber nicht, dass du schlecht von mir denkst.«

»Sadie, ich würde niemals schlecht von dir denken wegen irgendetwas, das du vielleicht getan hast, als du in diesem Höllenloch festsaßt.«

»Aber ich denke selbst schlecht von mir.«

Chase zog sich der Magen zusammen. Das gefiel ihm ganz und gar nicht. Er hasste es. »Es gibt absolut keinen Grund dafür, dass du das tun solltest.«

»Tue ich aber trotzdem«, erklärte sie ihm.

Chase sah sie lange an und sagte dann schließlich:

»Wie wäre es, wenn wir uns dieses Gespräch für heute Abend aufheben?«

Es war offensichtlich, wie erleichtert sie war. »Ja.«

»Jetzt gehen wir erst mal mit Rayne einkaufen. Dann essen wir mit Fletch und Ghost zu Abend. Und danach, wenn wir ein paar Bier getrunken haben und entspannt sind, werden wir reden. Dann wird es dir leichter fallen.«

»Selbst dann nicht«, erklärte Sadie ihm.

»Doch, das wird es, glaub mir. Über das zu reden, was einem auf dem Herzen liegt und den Schlaf raubt, ist im Dunkeln viel einfacher als tagsüber.«

Sadies Blick fuhr zu ihm hoch. Sie sah ihn einen Moment lang wahnsinnig intensiv an, bevor sie flüsterte: »Okay.«

»Okay.« Dann zog Chase die Frau, die ihm das Herz gestohlen hatte, in seine Arme. Sie vergrub ihr Gesicht an seiner Schulter und so blieben sie eine oder zwei Minuten stehen. Sie genossen es einfach, vom anderen gehalten zu werden.

»Ich muss Rayne anrufen«, erklärte Chase und ließ sie los.

»Okay.«

»Ich weiß nicht, wie lange sie brauchen wird, um herzukommen.«

»Kann ich mich hinlegen, bis sie kommt?«, wollte Sadie wissen.

»Natürlich. Mach ein Nickerchen. Ich wecke dich, wenn es Zeit ist zu gehen.«

Ohne ein weiteres Wort machte Sadie einen Schritt zur Seite und ging ins Schlafzimmer.

Chase fuhr sich mit der Hand durchs Haar. Sean Taggart hatte ihn darum gebeten, ihn über alles, was er von Sadie über das erfuhr, was geschehen war, auf dem Laufenden zu halten. Denn auch ihr Onkel wusste, dass zwischen Jeremiahs Sohn und seiner Nichte irgendetwas vorgefallen war, über das sie nicht redete. Sonst wäre er nicht so wild entschlossen, an sie heranzukommen. Was auch immer es war, Sadie war innerlich völlig zerrissen.

Er würde warten müssen zu hören, was sie ihm erzählte, bevor er entschied, was er ihrem Onkel mitteilen würde, wenn überhaupt etwas. Der Mann war tödlich. Er konnte lieb zu Sadie und seiner Frau sein, aber Chase wusste zweifellos, dass er Jonathan töten würde, sollte die Situation es rechtfertigen. Das würde jeder der Taggarts tun.

Aber sie würden sich hinter *ihm* anstellen müssen. Er musste wissen, was zwischen Sadie und Jonathan geschehen war, was sie ihm nicht sagte – aber er wollte es auch irgendwie nicht wissen. Er wusste jedoch zweifellos, dass der heutige Abend seine Beziehung zu Sadie verändern würde. Er hoffte, es würde sie einander näherbringen, aber er wusste auch, dass es sie auseinandertreiben könnte, nachdem er gehört hatte, wofür sie sich so schämte.

Denn wenn sie ihm sagen würde, dass Jonathan sie vergewaltigt hatte ... dass er sie gegen ihren Willen genommen hatte ... Chase war absolut klar, dass er sich in dem Fall nicht mehr um die Nichte der Taggarts kümmern konnte, damit er sich unerlaubt entfernen und diesen Mistkerl jagen und mit bloßen Händen töten konnte.

KAPITEL FÜNF

Sadie war sich nicht sicher, was Chases Schwester von ihr halten würde, doch sie hätte sich keine Gedanken zu machen brauchen. Rayne Jackson warf nur einen einzigen Blick auf sie und nahm sie dann sofort fest in den Arm.

»Es tut mir so leid, dass du in dieser schrecklichen Situation warst, Sadie. Wie grauenvoll. Geht es dir gut? Bist du verletzt? Ich kann es außerdem nicht fassen, dass du einen ganzen Monat lang bei meinem Bruder gewohnt hast und er es mir nicht gesagt hat! Kümmert er sich gut um dich? Ich liebe ihn wirklich, aber er ist trotzdem noch ein Kerl ... Manchmal weiß er einfach nicht, was Frauen brauchen.«

Sadie machte einen Schritt zurück und stieß direkt gegen Chase. Er legte ihr eine Hand auf die Taille, um ihr Halt zu geben. Sie drehte den Kopf, um sich zu bedanken, und sah, dass er seine Schwester angrinste.

»Was soll das heißen, ich weiß nicht, was Frauen wollen? Als du acht Jahre alt warst und Windpocken hattest, habe ich dir sogar eine ganze Tasse voll Würmer gebracht, damit du schnell wieder gesund wirst.«

Sadie warf Rayne einen verführerischen Blick zu und kicherte, als diese die Augen verdrehte.

»Oder damals, als du dich an der Mittelschule über einen Jungen aufgeregt hast, und um dir zu helfen, bin ich auf dein Myspace-Konto gegangen und habe das Bild von dir gepostet, auf dem du in deinem Bett schläfst, mit Windpockenschorf im ganzen Gesicht, und habe alle gebeten, dir die besten Wünsche zur Genesung zu schicken.«

»Das hast du nicht getan«, sagte Sadie und betrachtete Chase mit großen Augen.

Er grinste und zuckte mit den Achseln. »Ich wollte nur helfen.«

»Siehst du?«, sagte Rayne zu Sadie. »Er hat nicht die geringste Ahnung.«

»Und was ist mit damals, als Ghost zu mir kam, nachdem er dich vor diesem Putsch in Ägypten gerettet hatte, und ich ihn nicht verprügelte, als er sagte, dass du ›ihm‹ gehörst? Oder als ich dir die Haarspange gab, die dir am Ende dabei half, dein Leben zu retten? Oder als wir so lange miteinander sprachen, weil du verärgert darüber warst, dass Ghost auf einer Mission unterwegs war, und du zu *mir* gekommen bist und ich dich meine ganze Packung Schokoladen-Brownie-Eis essen ließ, die ich in meinem Gefrierschrank hatte?«

Sadie sah dabei zu, wie die Verärgerung aus Raynes Gesicht wich. »Na gut, zugegeben, manchmal weißt du ganz genau, was Frauen brauchen.« Sie wandte sich wieder zu Sadie um. »Ich will nur, dass du weißt, ich bin für dich da, wenn du jemanden zum Reden brauchst.«

»Aber du kennst mich doch gar nicht«, platzte Sadie heraus, bevor sie darüber nachdachte, was sie da gesagt hatte.

»Hoffentlich kenne ich dich am Ende des Abends ein bisschen besser. Außerdem hat Ghost mir alles darüber erzählt, was in dieser Schule damals passiert ist. Du und deine Freundin ... Wie hieß sie noch mal?«

»Milena«, entgegnete Sadie.

»Richtig. Jedenfalls habe ich gehört, dass deine Freundin Milena und du unglaublich ruhig geblieben seid und dabei geholfen habt, dafür zu sorgen, dass der Anführer der Bande nicht abhauen und weitere Mädchen missbrauchen konnte.«

»Eigentlich war es nicht –«

Rayne hielt die Hand hoch. »Wie dem auch sei. Der Punkt ist, dass jeder, der sich gegen falsche Lehrer und Philanthropen, die eigentlich Pädophile sind, behaupten kann, jemand ist, mit dem ich befreundet sein möchte. Wenn du also nach dem heutigen Tag irgendetwas brauchst, lass es mich einfach wissen und ich werde dafür sorgen, dass du es bekommst. Snacks, eine Auszeit von meinem nervigen kleinen Bruder, Kleidung, eine Freundin, mit der du dich betrinken kannst ... ich bin für dich da.«

»Wow. Äh ... danke.«

»Gern geschehen.«

»Darf ich dich etwas fragen?«

»Natürlich«, erklärte Rayne leichthin.

»Chase hat dir eine Haarspange gegeben, die dabei geholfen hat, dir das Leben zu retten?«

Rayne lächelte ihren Bruder an, die Liebe in ihrem Blick war offensichtlich. Sadie hatte keine Geschwister, aber sie wusste zweifellos, dass Rayne und Chase alles füreinander tun würden, egal wie sehr sie einander auch hänseln mochten. »Das ist eine lange Geschichte und ich bin mir sicher, dass Chase sie dir gern erzählen wird«, erklärte Rayne leise.

»Da wir gerade davon sprechen«, sagte Chase, »ich habe einen neuen Prototyp ... ein Armband, das sich öffnen lässt und in dem eine Klinge versteckt ist. Möchtest du es haben?«

»Was für eine Frage, natürlich«, erklärte Rayne ihrem Bruder.

»Ich gebe es Ghost, sobald ich Gelegenheit dazu habe.«

»Großartig. Seid ihr bereit zu gehen?«, fragte Rayne, indem sie das Thema wechselte und auf die Tür zeigte. »Ich habe kurz bei Emily und Annie vorbeigeschaut, bevor ich hergekommen bin, und Fletch hat mir mitgeteilt, dass ihr heute Abend auch zum Grillen vorbeikommt. Perfektes Timing, weil ich morgen einen Nachtflug vor mir habe.«

»Einen Nachtflug?«, fragte Sadie, als sie sich umdrehte, um ihre Tasche von der Küchentheke zu nehmen.

»Ja, ich bin Flugbegleiterin. Früher bin ich internationale Routen geflogen, aber nach der ganzen Geschichte in Ägypten habe ich keinerlei Interesse mehr daran. Also arbeite ich jetzt auf den kürzeren, nationalen Flügen. Morgen fliege ich nach Los Angeles, dann übernachte ich dort und fliege am nächsten Tag zurück.«

»Hast du oft Nachtflüge?«, fragte Sadie.

Rayne zuckte mit den Achseln. »Genügend, um Ghost wütend zu machen, weil ich so lange weg bin. Um ehrlich zu sein, sind mir die Tagesflüge lieber, weil ich nicht mehr so gut schlafe, wenn ich alleine bin.« Sie lächelte und es machte ihr anscheinend überhaupt nichts aus, ihr all das zu erzählen. »Es ist einfach so entspannend und beruhigend, in Ghosts Armen einzuschlafen und am nächsten Morgen genauso aufzuwachen.«

Chase hielt abwehrend die Hände hoch. »Das ist schon fast zu viel Info, Schwesterherz.«

»So ein Blödsinn. Es wäre zu viel Information, wenn ich dir sagen würde, dass wir beide gern nackt schlafen. Und wenn ich dann aufwache und Lust auf Sex habe, müssen wir uns gar nicht erst ausziehen. Ghost kann einfach nur die Decke wegreißen und –«

Rayne hörte auf zu sprechen und lachte, als Chase sich mit beiden Händen die Ohren zuhielt und zu summen begann, damit er nicht hörte, was sie sagte.

An Sadie gewandt erklärte sie: »Es ist so einfach, ihn zu ärgern.«

Sadie versuchte, nicht zu lachen, das tat sie wirklich, aber Chase sah so bemitleidenswert aus, dass sie einfach lachen musste. Sie hatte Chase in Aktion gesehen; er war ein harter, Furcht einflößender Kerl. Aber im Moment sah er aus, als würde ihm bei dem bloßen Gedanken an das Sexleben seiner Schwester schlecht werden.

»Es ist aber nicht fair, dass ihr euch gegen mich verbündet«, schmollte er, nachdem er die Hände hatte sinken lassen. »Im Ernst, Schwesterherz, das ist nicht in Ordnung. Du weißt doch genau, dass ich nichts über dein Sexleben hören will.«

»Da musst du durch. Das ist die Rache dafür, dass du mir das Leben schwer gemacht hast, als wir noch klein waren.«

»Kommt, bringen wir es hinter uns«, sagte Chase

eingeschnappt. »Es ist nicht gut für meine Gesundheit, zu viel Zeit mit meiner Schwester zu verbringen.«

Rayne lachte einfach nur und hakte sich bei Chase unter. »Du liebst mich, und das weißt du.«

»Das tue ich. Aber wenn du nicht aufhörst, mich mit deinem Sexleben zu quälen, werde ich andere Saiten aufziehen müssen.«

»Wie zum Beispiel?«, forderte sie ihn heraus.

Sie warteten, während Chase die Tür zur Wohnung zusperrte, und gingen dann alle die Treppe hinunter. Rayne ging vor, gefolgt von Chase, und Sadie bildete das Schlusslicht.

»Wenn ich dann das Gleiche mache, ist das nur fair. Möchtest du etwas über *mein* Sexleben wissen? Meine Lieblingsstellungen, wie ich angefasst werden möchte und wie gut sich eine Frau fühlt, wenn ich mit ihr schlafe?«

Sadie wäre fast die Treppe hinuntergefallen, wenn Chase nicht vor ihr gewesen wäre. Zu hören, wie er so zwanglos mit seiner Schwester über Sex sprach, sorgte dafür, dass ihr Herz einen Schlag aussetzte.

Chase fing sie mühelos auf und half ihr, die Balance wiederzufinden. Er sah ihr in die Augen, als er hinzufügte: »Wie wäre es, wenn ich dir sage, dass ich ihr jedes Mal, wenn ich ihr in die Augen sehe, am liebsten die Kleider vom Leib reißen und sie dazu bringen würde, laut zu schreien, wenn ich ihr einen Orgasmus beschere?«

Sadie hielt den Atem an. Oh mein Gott. Sprach er mit *ihr* oder mit seiner Schwester?

»Eklig«, bemerkte Rayne und ging weiter die Treppe hinunter. Sie hatte nicht bemerkt, dass Chase stehen geblieben war. »Wirklich ekelerregend! Okay, du hast recht. Ich habe keinerlei Bedürfnis danach, an dich ohne Klamotten zu denken. Es war schon schlimm genug, dass ich alles gesehen habe, als du zehn warst und ich dich aus Versehen im Badezimmer überrascht habe. Ich höre auf, dich mit mir und Ghost aufzuziehen, versprochen.«

»Chase«, flüsterte Sadie, »wir müssen los.«

»Es ist tatsächlich so, weißt du«, sagte er leise, ohne auf ihre Warnung zu achten.

Sie wollte die Frage eigentlich zurückhalten, konnte es jedoch nicht. »Es ist tatsächlich wie?«

Er ließ den Blick vom Scheitel bis zu ihrer Brust und dann wieder hinauf wandern, bevor seine Nasenlöcher sich blähten und er tief durchatmete. »Ist egal«, murmelte er. Dann lehnte er sich ganz nahe zu ihr und küsste sie auf die Stirn, bevor er sich vergewisserte, dass sie wieder fest auf den Beinen stand, und ging die Treppe hinunter.

Sadie blieb einen kurzen Moment stocksteif stehen. Sie konnte noch die Wärme seiner Lippen auf ihrer Stirn spüren, obwohl er sie nicht mehr berührte. Sie hatte gesehen, wie ihr Onkel ihre Tante unzählige Male so geküsst hatte. Es war eine liebevolle Geste.

Eine Geste, die immer etwas tief in ihr berührt hatte. Diese lockere Zuneigung zwischen den beiden war irgendwie viel intimer, als wenn sie sich öffentlich einen leidenschaftlichen Zungenkuss gegeben hätten. Es war etwas, das sie taten, wenn sie in der Nähe ihrer Kinder oder Sadie waren, das zeigte, wie sehr sie sich liebten.

Und Chase hatte sie gerade auf die gleiche Weise geküsst.

Sie war so am Arsch.

Sadie wusste in diesem Moment, dass sie Chase wollte. So lange, wie er sie haben wollte. Eine Nacht, zwei. Es spielte keine Rolle, dass sie sich die ganze Zeit über Dinge stritten. Es spielte keine Rolle, dass sie nur bei ihm bleiben sollte, bis Jonathan gefasst würde. Es spielte keine Rolle, dass es ihr das Herz zerreißen würde, sobald sie nach Hause nach Dallas zurückfuhr. Sie würde nehmen, was sie kriegen konnte, alles einsaugen und versuchen, die Stücke ihres Herzens aufzusammeln, wenn er sie ziehen ließ.

»Kommst du?«, rief Rayne Sadie zu, die noch immer stocksteif auf der Treppe stand, als hätte Chases Kuss sie in Stein verwandelt.

Sadie schüttelte den Kopf und versuchte, sich unter Kontrolle zu bringen. »Ja, ich komme«, erklärte sie Rayne, atmete tief durch und ging zu Chases Wagen, als hätte er nicht gerade mit einem einfachen Kuss ihre Welt ins Wanken gebracht.

Es geschah nach einem Ausflug zum Einkaufszentrum in Temple und einem kurzen Stopp, um etwas Alkohol für das gesellige Beisammensein an diesem Abend zu besorgen, und als sie zum Wagen zurückkamen, nachdem sie am Lebensmittelladen angehalten hatten, um sich mit Lebensmitteln einzudecken.

Sadie lachte über etwas, das Rayne gesagt hatte, als sie spürte, wie Chase an ihrer Seite erstarrte. »Wa-«

Zu mehr kam sie nicht, bevor Chase ihren Arm packte und sie herumwirbelte, bis sie hinter ihm war. Er schubste sie so stark, dass sie auf einen geparkten Geländewagen zuflog. Zum Glück streckte sie die Hände aus und fing sich selbst ab, sonst wäre ihr Gesicht gegen die Scheibe der Fahrertür geknallt.

Sie drehte sich um und sah, wie Chase seine Schwester auf die gleiche dringende, nicht gerade sanfte Art und Weise auf sie zu schleuderte. Es wäre komisch gewesen – Rayne hatte den Einkaufswagen immer noch in der Hand und Chase schleppte sie *und* den Wagen buchstäblich dorthin, wo er Sadie im Grunde genommen hingeworfen hatte –, aber wegen des tödlichen Gesichtsausdrucks von Chase war es alles andere als witzig. Sie öffnete den Mund, um zu fragen, was los wäre, aber Chase kam ihr zuvor.

»Ich habe gesehen, dass jemand neben dem Wagen

hockt. Bleibt hier. Duckt euch. Bewegt euch nicht. Ich bin sofort wieder da.«

Und damit war er verschwunden.

»Scheiße«, murmelte Sadie, da ihr klar war, dass das kein gutes Zeichen sein konnte.

Rayne kramte in ihrer Tasche herum und zog schließlich ihr Handy raus. Sie drückte ein paar Knöpfe und hielt sich das Handy ans Ohr.

»Ich bin auf dem Walmart Parkplatz zusammen mit meinem Bruder und Sadie. Er hat uns gerade hinter einen Geländewagen geschubst und uns gesagt, er hätte irgendjemanden bei seinem Fahrzeug gesehen.« Sie machte eine Pause und hörte zu, was die Person am anderen Ende der Leitung sagte. »Ja. Okay.« Eine weitere Pause, gefolgt von: »Ich weiß es nicht.« Und schließlich flüsterte sie noch: »Ich liebe dich. Tschüss.«

Sadie wartete ungeduldig, bis Rayne auflegte. Als sie nichts zu ihrer Lage sagte, flüsterte Sadie: »Wir müssen Chase helfen.«

Rayne schüttelte den Kopf. »Ghost hat gesagt, wir sollen hierbleiben.«

Sadie knirschte frustriert mit den Zähnen und hob den Kopf hoch genug, um durch das Fenster des Wagens zu spähen, hinter dem sie sich versteckten. Sie bemerkte nichts Ungewöhnliches und Chase war nirgends zu entdecken. Sie drehte sich wieder zu Rayne um und machte Gesten in Richtung des

Handys, das sie noch immer in der Hand hielt. Ihre Finger waren ganz weiß, so sehr krallte sie sich an dem Gerät fest. »Ghost wird auch kommen?«

Rayne nickte.

Aus irgendeinem Grund flippte Sadie jetzt noch mehr aus, als es in der Schule der Fall gewesen war, als Jonathan sie auf das Bett hinuntergestoßen hatte. Vielleicht lag es daran, dass sie nicht wusste, was vor sich ging. Vielleicht lag es daran, dass Chase in Gefahr sein könnte. Sie war sich nicht sicher. Aber sie war sich sicher, dass sie das Gefühl nicht mochte. Ganz und gar nicht. Sie hatte keine Ahnung, was mit der knallharten Sadie passiert war, die sie in Dallas gewesen war, aber im Moment fühlte sie sich völlig überfordert.

»Vielleicht sollten wir zum Laden zurückgehen«, schlug sie vor.

»Nein«, erwiderte Rayne sofort. »Ghost hat gesagt, wir sollen hierbleiben, also bleiben wir hier.«

Sie wollte es nicht laut aussprechen, aber sie fragte sich, was passieren würde, wenn derjenige, den Chase gesehen hatte, um sie herumginge und von hinten auf sie zukäme.

Plötzlich begann Sadie zu zittern, da sie wusste, dass es sich bei der Person, die Chase gesehen hatte, um Jonathan handelte. Sie wusste, dass Jonathan besessen war. Sie wusste auch, dass sie ihn ausgetrickst hatte und er mehr als nur wütend darüber war.

Aber als Sadie am helllichten Tag vor dem Geländewagen kauerte und sich fragte, ob Chase in Ordnung wäre, wusste sie ohne Zweifel, dass Jonathan sie umbringen würde, nachdem er sie vergewaltigt hatte. Sie hatte sein Ego verletzt. Seinen männlichen Stolz. Und so, wie er von Jeremiah erzogen worden war, würde er das nicht einfach auf sich sitzen lassen. Er musste beweisen, dass er Manns genug war, sie zu züchtigen.

Sie wusste nicht, wie viel Zeit vergangen war, aber die Zeit schien extrem langsam vorbeizugehen. Sie wünschte, sie hätte ihre kleine rosa Pistole bei sich, aber sie hatte sie dummerweise in der Wohnung über der Garage zurückgelassen. Sadie wollte Ghost *jetzt* dahaben. Zum Teufel, jeder, der Chase helfen könnte, wäre super. Zum ersten Mal verstand sie etwas besser, was die Männer und Frauen von McKay-Taggart täglich taten. Wie um alles in der Welt die Ehefrauen und Ehemänner mit dem Wissen umgingen, dass ihre Ehepartner bösen Männern wie diesem gegenüberstanden, war ihr unbegreiflich. Sie hasste den Gedanken, dass Chase in Gefahr war. Vor allem, weil es ihretwegen geschah.

Als sie das Warten keine Sekunde länger ertragen konnte, spähte Sadie noch einmal über den Rand der Tür und wollte Chase sehen. Sie musste sich vergewissern, dass es ihm gut ging.

Als hätten ihre Gedanken an Jonathan ihn aus dem Nichts heraufbeschworen, sah sie ihn hinter einem

Auto kauernd, das in der Nähe des Parkplatzes stand, wo Chases Fahrzeug geparkt war.

Sie wusste, dass es Jonathan war, denn er drehte den Kopf und sah sie direkt an.

Sie würde seine blonden Haare, seine spitze Nase und den hasserfüllten Blick in seinen eisblauen Augen überall erkennen. Sogar auf einem Parkplatz.

Dann drehte er sich von ihr weg und zielte mit seiner Pistole.

Sadie blickte in die Richtung, in die er schaute, und sah Chase, der sich vorsichtig zwischen zwei Autos in der Nähe von Jonathan bewegte. Ihr Mund war offen und sie schrie Chase zu, bevor sie überhaupt darüber nachdachte, was sie da tat. »Chase! Hinter dir! Er ist hinter dem roten Wagen!«

Er wirbelte in dem Moment herum, in dem Jonathan den Abzug drückte. Die kleinkalibrige Waffe, die er in der Hand hatte, gab einen leisen Knall von sich, den man auf dem belebten Parkplatz kaum hören konnte.

Sie hatte den Blick auf Chase gerichtet und hielt den Atem an, bis er zwei große Schritte machte und hinter dem Jeep verschwand. »Oh mein Gott«, sagte sie leise. Sie ließ den Blick jetzt wieder zu der Stelle wandern, an der Jonathan sich hinter dem Wagen versteckt hatte, doch er war verschwunden.

»Wo ist er hin?«, fragte sie, mehr an sich selbst gewandt als an Rayne.

»Er ist dort drüben«, erklärte Rayne und zeigte zur Seite. »Und Ghost ist jetzt bei ihm.«

Sadie blickte in die Richtung, in die ihre neue Freundin zeigte, und sah, wie Chase und Ghost zusammengekauert dahockten. Allerdings hatte sie nicht nach Chase gefragt. Sie wollte wissen, wo *Jonathan* steckte.

Bevor sie darüber nachdenken konnte, tauchte plötzlich Fletch wie aus dem Nichts neben ihnen auf.

»Kommt«, sagte er und deutete auf einen Highlander Geländewagen, der mit laufendem Motor in der Nähe stand.

»Hat Ghost dich angerufen?«, fragte Rayne.

Fletch sah sie an, als wäre sie verrückt. »Ja, Rayne, das hat er. Und jetzt kommt, wir müssen von hier verschwinden.«

»Aber was ist mit unseren Einkäufen?«, wollte sie wissen. »Es wäre nicht gerade förderlich, Sadie den ganzen Weg nach Hause zurückzuschaffen, nur damit sie feststellen kann, dass sie später wieder hierherkommen muss, um Lebensmittel zu besorgen.«

»Jonathan war neben einem roten Auto«, erklärte Sadie Fletch, ohne auf Raynes merkwürdiges Argument mit den Nahrungsmitteln einzugehen. »Chase hat ihn nicht gesehen und er hatte sogar die Möglichkeit zu schießen.«

»Ghost gibt ihm Rückendeckung«, versicherte Fletch ihr.

Sadie schaute sich um, um nach Chase zu sehen, doch er war verschwunden. Sie wandte sich an Fletch und nickte. »Okay.«

»Er trifft sich beim Haus mit uns. Ich muss dich hier wegschaffen, Sadie, für den Fall, dass Jonathan es als Nächstes auf dich abgesehen hat.«

»Kommt die Polizei auch?«, fragte Rayne.

»Es sieht mir nicht danach aus«, erklärte Fletch ihr. »Anscheinend hat niemand den Schuss bemerkt. Wahrscheinlich hat er einen Schalldämpfer auf seiner Pistole.«

»Wie kann das möglich sein?«, fragte Sadie und schüttelte den Kopf. »Ich habe ihn gehört.«

»In dem Moment, in dem er geschossen hat, hast du ihn angesehen, nicht wahr?«, fragte Fletch.

»Ja.«

»Du hast den Schuss gehört, weil du ihn beobachtet hast. Selbst in all den Massenschießereien, die in letzter Zeit immer wieder passieren, rechnen die Leute nicht damit, dass so etwas geschehen könnte, noch dazu am helllichten Tag auf dem Walmart Parkplatz. Und selbst wenn sie den Schuss gehört haben, gehen sie wahrscheinlich davon aus, dass es sich um eine Fehlzündung oder so was in der Art handelt. Und jetzt kommt, wir müssen von hier verschwinden.«

Fletch führte sie schnell hinüber zu dem schwarzen Geländewagen, der außerdem getönte Scheiben hatte. Sadie fiel es nicht leicht, denn sie wollte plötzlich nicht mehr von hier weg, ohne sicher zu wissen, dass es Chase gut ging.

»Sadie, steig ein«, befahl Fletch ihr.

»Ich will erst Chase sehen«, erklärte Sadie und stemmte sich mit der Hand ab, damit niemand sie auf den Rücksitz schieben konnte.

»Es geht ihm gut. *Steig ein*«, wiederholte der Mann.

»Wenn man auf Emily geschossen hätte und du wüsstest nicht, ob sie verletzt ist oder nicht, würdest du zulassen, dass sie die Mission weiterführt? Selbst wenn ich dir sagen würde, dass es ihm gut geht und er mit einem anderen Kerl zusammen ist, der so ist wie du?«

»Ja«, entgegnete Fletch, ohne zu zögern. »Wenn sie mit Chase oder Ghost oder einem meiner anderen Freunde zusammen wäre, würde ich ihnen vertrauen, dass sie alles tun, um sicher aus der Situation herauszukommen. Und jetzt steig in den verdammten Wagen, Sadie.«

Langsam wurde ihr klar, dass sie sich lächerlich machte. Nicht nur, dass sie mit ihrem Zögern Chase und Ghost in Gefahr brachte. Vielleicht sogar Rayne, Fletch und sich selbst auch. Ihre Onkel würden ihr in den Arsch treten, wenn sie mitten in einer gefährlichen Situation das Gleiche mit ihnen gemacht hätte.

Ohne ein weiteres Wort zu sagen, duckte sie den Kopf und kletterte auf den Rücksitz.

Während sie versucht hatte, Fletch davon zu überzeugen, sie Chase sehen zu lassen, hatte Rayne ihre

Einkäufe gepackt und in den Geländewagen geworfen. Verrückte Frau.

In dem Moment, in dem Fletch sich ans Lenkrad setzte, fuhr er auch schon vom Parkplatz, als wären die Höllenhunde hinter ihnen her.

Rayne legte ihre Hand in stiller Unterstützung auf Sadies Bein, als sie durch die Stadt zurück zu Fletchs Haus rasten.

KAPITEL SECHS

»Was zum Teufel, Jackson?«, fragte Ghost, nachdem der Wagen verschwunden war und sie den Parkplatz eingehend überprüft hatten. Irgendwie war es Jonathan gelungen, ihnen erneut durch die Lappen zu gehen. »Alles okay?«

Chase verzog das Gesicht und versuchte, den pochenden Schmerz in seinem Arm nicht zu beachten. Er hatte Sadies Warnung gerade rechtzeitig gehört, um nicht in die Brust getroffen zu werden. Er hatte sich schnell seitlich weggedreht, aber nicht schnell genug, und so hatte ihn die Kugel in den Arm getroffen statt ins Herz. Es tat verdammt weh, aber es war um Längen besser, als tot zu sein.

»Es geht mir gut«, erklärte er Ghost. Er würde zwar eine Zeit lang bluten, aber so wie der Arm sich anfühlte, wusste er, dass die Kugel keine Schlagader getroffen hatte oder sonst irgendetwas, das einen Besuch der Notaufnahme erforderlich gemacht hätte.

Ghost war professionell genug, um zu wissen, dass er nicht nachhaken musste. Also grunzte er nur und fragte: »Was ist passiert?«

»Wir waren auf dem Weg zum Wagen und ich habe bemerkt, dass sich jemand in der Nähe herumdrückte. Ich habe die Frauen in Sicherheit gebracht und bin rübergegangen, um nachzusehen. Alle vier Reifen waren platt und ich habe zwar nicht unter die Kühlerhaube geguckt, bin mir aber ziemlich sicher, dass der Wagen nicht anspringen wird.«

»Und was ist mit deinem Arm?«

»Jonathan hatte sich wie ein verdammter Feigling versteckt. Der Schuss hat sich angehört wie von einer halbautomatischen Pistole. Sadie hat mich rechtzeitig gewarnt, sodass der Schuss mich nicht in die Brust getroffen hat.«

»Bist du dir sicher, dass er es war?«

»Ja. Ich habe ihn zwar nicht richtig gesehen, aber zumindest nehme ich an, dass er es war.«

»Wirst du es ihrem Onkel sagen?«, fragte Ghost.

Chase nickte. »Es ist schon eine Weile her, dass er uns zum zweiten Mal bei der Schule entkommen ist, und wir hatten gehofft, dass die jüngste Sichtung von ihm eine Verwechslung war. Dass er dieses Mal vielleicht *wirklich* aus Texas abgehauen war. Aber es sieht so aus, als wären unsere ursprünglichen Befürchtungen, dass er hinter Sadie her sein könnte, wahr.«

»Was zum Teufel ist nur vorgefallen, dass er es so auf sie abgesehen hat?«

Das war die große Frage. Und es musste mehr sein als sein kranker Plan, sie zu schwängern, damit er seine eigenen Kinder missbrauchen konnte. Das war schlimm genug ... aber die Besessenheit von Sadie, die Jonathan an den Tag legte, war extrem.

Und Chase würde heute Abend jedes Detail über Sadies Zeit alleine mit ihm herausfinden, egal wie ungern sie darüber sprechen wollte. Er konnte sie nicht beschützen, wenn sie ihm nicht sagte, womit sie es zu tun hatten.

»Ich weiß es nicht«, gab Chase zu. »Sadie möchte nicht darüber sprechen. Sie wollte nicht einmal richtig zugeben, dass noch etwas anderes vorgefallen war, als sie in ihrem offiziellen Bericht angegeben hatte. Es ist fast so, als würde sie sich schämen.«

Nachdem er sich noch einmal umgesehen hatte, bewegte Ghost sich auf seinen schwarzen Crown Victoria zu. Sie gingen schnell auf das Fahrzeug zu. Als sie drinnen waren, startete Ghost den Wagen und verließ den Parkplatz in Richtung Fletchs Wohnung. »Es ist mir egal, was sie getan oder gesagt hat«, knurrte Ghost in leisem, tödlichem Ton. »Diese Arschlöcher sind pervers und verrückt. Sie haben so vielen Kindern das Leben ruiniert. Ich weiß nicht, was passiert ist, als Jonathans Vater getötet wurde, aber ich weiß, dass es nichts gibt, wofür Sadie sich schämen müsste.«

»Da stimme ich dir zu.«

»Aber die Frage ist doch die«, sprach Ghost weiter, »wenn sie dir sagt, dass sie mit dem Mann geschlafen hat, bevor du aufgetaucht bist … flippst du dann aus?«

Chase öffnete den Mund – und nichts kam heraus. Er leckte sich über die Lippen und sagte schließlich: »Ich war nicht dabei. Ich habe nicht gehört, wie er darüber gesprochen hat, kleine Mädchen zu missbrauchen. Ich habe nicht versucht, meine Freundin und ihren Sohn zu beschützen, bis Hilfe auftauchte. Hilfe, von der sie keine Ahnung hatte, ob sie *überhaupt* jemals auftauchen würde. Also, nein, wenn sie mir sagt, dass sie nicht gekämpft hat, als dieses Arschloch sie vergewaltigt hat, werde ich nicht ausflippen, sondern ihr auch weiterhin versichern, dass es nichts gibt, wofür sie sich schämen müsste.«

»Du willst sie.« Es war eine Feststellung.

»Ich will sie«, stimmte Chase augenblicklich zu. »Und sie wird mir gehören. Verdammt, es fühlt sich schon so an, als würde sie mir gehören, dabei haben wir uns noch nicht einmal geküsst. Ich habe Zeit gehabt, um über unsere Beziehung nachzudenken, und ich kann dir ohne Vorbehalte sagen, dass ich alles tun würde, um sie an meiner Seite zu haben.«

»Sogar deine Karriere bei der Armee aufgeben?«, fragte Ghost.

Chase atmete hörbar aus. »Wow, du redest aber wirklich nicht lange um den heißen Brei herum, Ghost. Du gehst direkt ans Eingemachte.«

»Eins kann ich dir jedenfalls sagen«, versicherte Ghost ihm leise, »wenn ich die Wahl zwischen meiner Karriere und Rayne hätte, würde ich mich immer für deine Schwester entscheiden.«

Chase wusste, dass der Mann neben ihm seine Schwester liebte. Verdammt, das war mehr als offensichtlich. Aber Chase wusste auch, wie sehr Ghost die Armee liebte. Es liebte, ein Soldat der Delta Force zu sein. Für ihn bedeutete es viel, zu sagen, dass er das aufgeben würde. Enorm viel.

Aber dann dachte er an Sadie. Dachte darüber nach, wie es wäre, sie aufzugeben, und an die Möglichkeit, dass sie einen anderen Mann liebte, mit dem eine Familie gründete, und da wurde ihm ganz flau im Magen. »Ja«, sagte er und die Überzeugung sprach aus jedem seiner Worte. »Ich würde für sie meine Karriere aufgeben.«

Ghost drückte ihm die Schulter, während sie fuhren. »Willkommen in meiner Welt. Jetzt stehst du auch unter der Fuchtel. Und ich würde es für kein Geld der Welt anders haben wollen.«

Die beiden Männer grinsten sich an. Doch

langsam erstarb Chases Lächeln. »Ich muss es Sean Taggart mitteilen.«

»Darum beneide ich dich nicht, Mann«, entgegnete Ghost.

Chase verzog das Gesicht. »Ich kann es genauso gut gleich hinter mich bringen.« Er zog sein Handy behutsam aus der Tasche, wobei er darauf achtete, nicht mit dem Arm anzustoßen, und drückte ein paar Tasten.

»Taggart.«

»Sean, ich bin es, Chase Jackson.«

»Was ist?«

Chase atmete tief durch und redete nicht lange um den heißen Brei herum, da er annahm, dass Sean ihm das übel nehmen würde. »So wie es aussieht, ist Jonathan immer noch ein Problem, und es ist gut, dass ich Sadie beschütze.«

»Was ist passiert?« Seans Stimme änderte sich von dem lässigen, entspannten Ton, den er noch vor einem Moment hatte, zu der des nüchternen, einsatzbereiten ehemaligen Green Berets, der er war.

»Schüsse auf einem öffentlichen Parkplatz.«

»Verdammt, wurde auf Sadie geschossen?«

»Nein. Auf mich. Ich habe sie in Sicherheit gebracht, als ich sah, dass jemand in der Nähe des Wagens herumhing. Und während ich nach ihm gesucht habe, hat der Arsch auf mich geschossen.

Hätte Sadie mich nicht gewarnt, wäre es ihm vielleicht sogar gelungen, mich zu töten. Er will sie in die Finger bekommen. Und zwar unbedingt.«

»Wenn ihr auch nur ein Haar gekrümmt wird, wird er sich wünschen, er hätte sich niemals mit einem Taggart angelegt.«

Sie war kein Taggart, aber Chase wusste, was Sean meinte. Seine Frau war die Schwester von Sadies Mutter. Und da Sean seine Frau mehr als alles andere liebte und Grace ihre Nichte liebte, bedrohte jeder, der Sadie bedrohte, im Grunde seine Frau. Und eines hatte Chase aus seinen Nachforschungen über die McKay-Taggart-Gruppe gelernt: *Niemand* legte sich mit dem an, was ihnen gehörte. Er wusste das Gefühl langsam zu schätzen.

»Habt ihr das Arschloch erwischt?«

»Nein. Genau wie damals bei der Schule ist der Kerl einfach verschwunden.«

»Und wo ist Sadie jetzt?«

»Sie ist auf dem Weg zu Fletchs Haus.« Sean wusste, wer Fletch war. Er kannte alle Delta Force-Männer. Er und sein Bruder hatten Nachforschungen über jeden angestellt, mit dem Sadie in San Antonio Kontakt hatte. Er hatte zuerst so viel wie möglich über TJ und Milena herausgefunden und erfahren, dass TJ dem Delta Force-Team in der Vergangenheit einen Gefallen getan hatte. Und weil Sean jemand war, der gern die Kontrolle über alles hatte, hatte er auch über

Ghost und die anderen Mitglieder des Teams recherchiert. Wenn er etwas gefunden hätte, das ihm nicht gefiel, wäre Sadie jetzt nicht mehr bei ihm, das wusste Chase genau. Sean hätte sie gezwungen, nach Dallas zurückzukehren, egal, was sie *oder* Chase wollte.

»Du bist jetzt nicht bei ihr?«

Ihm gefiel der anklagende Ton in der Stimme des anderen Mannes nicht, also antwortete Chase angespannt: »Nein. Sie ist bei Fletch. Er hat sie und Rayne nach Hause zurückgebracht, damit wir den Parkplatz überprüfen konnten. Das Arschloch hat mir in den Arm geschossen. Ich war mir nicht sicher, ob die Polizei gerufen wurde oder nicht, auf jeden Fall wollte ich nicht, dass sie auch nur in der Nähe ist, falls es zu einer Anzeige kommt. Ich wollte sie da komplett raushalten.«

»Angeschossen?«, fragte Sean.

»Ja.«

Einen Moment lang herrschte am anderen Ende der Leitung Stille. Als Chase schon glaubte, dass Sean überhaupt nichts mehr sagen würde und vielleicht sogar schon aufgelegt hatte, sagte er schließlich doch noch: »Du magst meine Nichte.«

Verdammt. Schon wieder dieses Thema. Aber Chase würde jedem seine Gefühle für Sadie versichern. »Das tue ich.«

»Du hast dir eine Kugel für sie eingefangen.«

»Das habe ich und ich würde es wieder tun.«

»Wir haben dich überprüft, weißt du«, informierte Sean ihn ernst.

»Ich hätte nie im Leben erwartet, dass du zulässt, dass Sadie bei mir wohnt, wenn ihr das nicht getan hättet.« Chase wusste nicht, worauf der andere Mann hinauswollte, allerdings hatte er die nächsten Worte nicht erwartet.

»Ich weiß, was mit dem Delta Force-Team passiert ist, mit dem du im Mittleren Osten warst.«

Chase verschlug es die Sprache. Er wusste es? Wie zum Teufel hatte Sean *das* herausgefunden?

»Jackson?«, fragte Ghost direkt neben ihm, da ihm offensichtlich seine Körpersprache nicht entgangen war.

Chase winkte ab, um Ghost wissen zu lassen, dass es ihm gut ging.

Sean Taggart sprach weiter. »Es tut mir leid, dass du diese Scheiße durchmachen musstest, aber ich habe das Gefühl, dass du dadurch ein besserer Soldat geworden bist.«

Chase wusste nicht, was er darauf erwidern sollte, also sagte er nichts, während der andere Mann weitersprach.

»Ich bitte dich nur darum, Sadie gut zu behandeln. Es ist nie leicht, mit jemandem vom Militär verheiratet zu sein, aber jemand wie du, der nicht richtig zu der Spezialeinheit gehört, aber trotzdem mit den Allerschlimmsten arbeitet, könnte als Ziel für Terroristen dienen und verspricht nicht gerade ein Leben voller eitel Sonnenschein. Aber ich kenne meine Nichte. Sie ist hart im Nehmen. Und loyal. Ausgesprochen loyal. Sieh nur, was sie für Milena getan hat. Selbst als die Kacke am Dampfen war, hat sie die Schule nicht verlassen. Sie ist geblieben, um zu helfen und moralische Unterstützung zu leisten. Und anstatt sich selbst zu retten, als sie von den Männern festgehalten wurden, tat sie alles, um Milena zu helfen. Ich will damit nur sagen, ich bin froh, dass sie einen Mann wie dich gefunden hat.«

Chase blieb vor Erleichterung der Mund offen stehen. Es war ja nicht so, als bräuchte er Seans Zustimmung, aber er war trotzdem froh, dass er sie hatte. »Vielen Dank. Das bedeutet mir viel.«

»Aber wenn du ihr wehtust, gibt es keinen Ort auf diesem Planeten, an dem du dich vor mir und meinen Brüdern verstecken kannst«, fuhr Sean fort.

Chase konnte nicht anders, er lachte leise. Das war genau *das*, was er von Sean erwartet hätte, als er Sadie für sich beanspruchte. »Gut. Ich bin froh, dass wir das aus der Welt geschafft haben.«

»Brauchst du ein zusätzliches Paar Augen und Ohren?«

Chase hätte gern Nein gesagt, aber wenn es darum ging, Sadie zu beschützen, würde er niemals die Hilfe eines ehemaligen Soldaten der Spezialeinheit abschlagen. »Wenn du jemanden hast, wäre das nicht schlecht.«

»Ian und ich sind morgen da.«

Chase blinzelte. Er hatte eigentlich damit gerechnet, dass Sean eines der jüngeren Mitglieder der McKay-Taggart-Gruppe schicken würde. Oder sogar einen Söldner. Doch als er darüber nachdachte, war er nicht überrascht. Schließlich würde er auch niemand anderem vertrauen, wenn es Rayne oder eines ihrer Kinder war, die in Gefahr waren. »Wir sind bei Fletch. Wir treffen uns heute mit ein paar Freunden und wollten eigentlich draußen grillen, aber jetzt verlegen wir alles nach drinnen.«

»Jonathan wird ja wohl nicht versuchen, das Haus niederzubrennen, wenn ihr alle drin seid, oder? Ihr wollt es ihm ja nicht noch leichter machen, euch alle auf einmal zu erwischen.«

Daran hatte Chase auch schon gedacht. »Wenn du meine Meinung hören willst, was auch immer in diesem Raum passiert ist, hat ihn dazu gebracht, sich noch mehr auf Sadie zu konzentrieren. Ja, er ist verdammt sauer auf mich. Genug, um verflucht noch mal zu versuchen, mich anstatt Sadie zu töten, aber ich glaube wirklich nicht, dass noch jemand in Gefahr ist. Im Herzen ist er ein Feigling. Aufzutauchen und jemand anderen als nur Sadie zu konfrontieren, ist nicht sein Stil. Als in der Schule die Kacke am Dampfen war, sind er und sein Vater abgehauen. Ich bin ziemlich sicher, dass er warten und versuchen wird, mir aufzulauern und Sadie zu entführen, wenn wir es am wenigsten erwarten. Genau wie damals in diesem Nachtklub, als er Milena und Sadie in die Finger bekam.«

»Da stimme ich dir zu. Aber das bedeutet längst noch nicht, dass du nicht vorsichtig sein musst«, warnte Sean ihn.

»Deswegen bleiben wir ja heute auch drinnen, und deswegen bleiben Sadie und ich in Fletchs Haus anstatt in der Wohnung über der Garage«, erwiderte Chase. »Wenn es um Jonathan geht, ist es sicherer, je mehr wir sind.«

Mit etwas wie Respekt in der Stimme sagte Sean: »In Ordnung. Wir sehen uns dann morgen früh. Bitte richte Sadie aus, dass wir sie lieben.«

»Das mache ich.«

»Bis später.«

»Tschüss.«

Chase legte auf, schloss die Augen und lehnte den Kopf gegen die Kopfstütze.

»Sean Taggart kommt her?«, fragte Ghost.

»Zusammen mit seinem Bruder Ian«, erklärte Chase ihm.

Ghost grinste. »Ich wollte schon immer mal mit diesen Typen zusammenarbeiten.«

Chase lachte, öffnete aber nicht die Augen. Es war ja klar, dass Ghost sich auf die Zusammenarbeit mit einigen der berüchtigtsten Teufelskerle des Landes freuen würde. Er wäre nicht überrascht, wenn die Taggarts irgendwann in der Zukunft versuchen würden, Mitglieder des Delta Force-Teams zu rekrutieren.

Chase öffnete die Augen, als er spürte, wie das Fahrzeug langsamer wurde, und sah, dass sie in Fletchs Einfahrt fuhren. Der Highlander, in dem Fletch die Frauen nach Hause gefahren hatte, war nirgends zu sehen, aber Chase machte sich keine Sorgen. Er wusste, dass er und Ghost benachrichtigt worden wären, wenn bei der Heimfahrt etwas schief gegangen wäre.

Ghost fuhr neben der Garage vor, stellte den Motor ab und stieg aus. Chase folgte ihm.

Sie gingen gerade auf das Haus zu, als die Haustür aufflog.

Sadie lief aus dem Haus und Chase runzelte die Stirn. Es gefiel ihm nicht, dass sie nicht auf ihre Umgebung achtete. Er mochte es zwar, dass er im Moment das Objekt ihrer Aufmerksamkeit zu sein schien, aber er wollte, dass sie sich mehr um sich selbst sorgte. Jonathan wartete auf einen Moment wie diesen, um zuzuschlagen.

Er öffnete den Mund, um ihr zu sagen, sie sollte wieder hineingehen, als sie plötzlich wie angewurzelt stehen blieb. Sie waren etwa drei Meter voneinander entfernt und sie blieb mit offenem Mund und blassem Gesicht stehen.

Erst als sie auf den Beinen schwankte, merkte Chase, dass etwas nicht stimmte. Er eilte auf sie zu und hörte sie sagen: »Dein Arm«, bevor sie die Augen verdrehte, bewusstlos wurde und zu Boden fiel, bevor Chase sie auffangen konnte.

KAPITEL SIEBEN

Sadie drehte sich auf dem Bett um und verstand nicht, warum ihre Matratze so klumpig war. Sie öffnete die Augen und zuckte bei dem hellen Licht zusammen. Sie drehte den Kopf zur Seite – und erstarrte.

Chase saß neben ihr und blickte besorgt auf sie herab.

Sie runzelte die Stirn. »Was machst du in meinem Schlafzimmer?«

Wenn überhaupt, dann ließ ihre Frage ihn noch besorgter aussehen. »Wir sind in Fletchs Haus, Fünkchen. Nicht in deinem Schlafzimmer.«

Dann erinnerte sie sich plötzlich wieder an alles. Sie richtete sich auf und hätte Chase dabei fast gegen den Kopf gehauen. »Dein Arm! Geht es dir gut? Oh mein Gott, ich hatte ja keine Ahnung, dass er dich getroffen hat!«

»Es geht mir gut.«

»Es geht dir nicht gut«, beharrte Sadie. »Du blutest. Dein ganzes Hemd ist schon völlig durchweicht. Warst du im Krankenhaus? Wie lange habe ich geschlafen?«

»Also, erstens hast du nicht geschlafen. Du warst ohnmächtig. Du bist auf den Boden gefallen, bevor ich dich auffangen konnte. Und zweitens bin ich nicht ins Krankenhaus gefahren, weil dazu kein Grund bestand. Ich wusste, dass Fletch meine Wunde nähen konnte, falls es nötig sein sollte. Und drittens bist du seit etwa einer Stunde hier. Ich habe nicht zugelassen, dass irgendjemand dich stört.«

Sadie ließ den Blick zu seinem Ärmel wandern. Er trug jetzt ein anderes Hemd als vorhin. Es war ein kurzärmeliges graues Sporthemd der Armee. Das wusste sie, weil die Jungs von McKay-Taggart sie die ganze Zeit trugen. Sein linker Oberarm war bandagiert. Ohne darüber nachzudenken, strich sie mit den Fingern darüber. »Darf ich die Wunde sehen?«

Chase legte eine Hand auf ihre, sodass sie nicht weiterstreicheln konnte. »Es geht mir gut«, wiederholte er.

»Lass mich mal sehen.« Diesmal war es keine Frage.

Er seufzte, als wüsste er, dass sie nicht aufhören würde, ihn zu bitten, bis er nachgab, drehte sich so, dass sie besseren Zugang zu seiner Wunde hatte, und ließ sie tun, was immer sie wollte.

Sadie zog das Klebeband von der Mullbinde ab und zog sie herunter. An seinem Oberarm befand sich ein deutlicher Riss im Fleisch. Die Kugel hatte ein Stück Haut mitgenommen, aber es sah nicht so aus, als hätte sie zu viel Schaden angerichtet ... obwohl die Wunde stark geblutet hatte. Sadie drückte das Klebeband wieder fest und sagte: »Normalerweise bin ich nicht so empfindlich. Ich habe schon öfter Blut und Schusswunden gesehen, aber es war nur so ... diesmal warst du es. Und du wurdest meinetwegen angeschossen.«

»Fünkchen«, warnte Chase sie.

»Es war Jonathan«, platzte Sadie hervor, bevor Chase weitersprechen konnte.

»Ich habe deine Warnung in der Sekunde gehört, als er geschossen hat. Ich war mir nicht sicher, ob du ihn tatsächlich gesehen hattest oder nicht«, erklärte Chase.

»Ich hatte ihn gesehen. Er hockte hinter einem Auto.«

»Konntest du ihn gut erkennen?«, wollte Chase wissen.

»Allerdings. Er hat mir genau in die Augen geschaut«, entgegnete Sadie. »Es tut mir leid, Chase. So verdammt leid.«

»Halt den Mund«, bat er sie sanft. »Schließlich ist es nicht deine Schuld. Ich bin nur froh, dass es mich getroffen hat und nicht dich.«

»Sag so etwas nicht«, rief sie aus. »So etwas darfst du verdammt noch mal nicht sagen. Wie würdest du dich fühlen, wenn du in meiner Lage wärst? Glaubst du, du würdest dich besser fühlen, weil es mich getroffen hat und nicht dich?«

»Verdammt, nein«, stieß er hervor.

»Genau. Du brauchst also nicht zu glauben, dass *ich* mich dadurch besser fühle.«

Sie sahen einander einen langen Moment an, bevor Chase nach ihr griff. Er zog sie in seine Arme und sagte: »Es tut mir leid. Du hast recht. An dieser Situation ist wirklich überhaupt nichts Gutes.«

Und so saßen sie einen langen Moment da, bevor Chase sich zurückzog und sie informierte: »Sean und Ian kommen morgen her.«

Sadie seufzte. »Mir wäre es lieber, sie wären nicht involviert.«

»Sie haben sich nicht davon abhalten lassen.«

»Auch das ist mir klar. Aber die Tatsache, dass sie herkommen, macht es für mich nur umso realer.«

»Macht was umso realer, Fünkchen?«, wollte Chase wissen.

»Die Bedrohung. Als nur du auf mich aufgepasst hast, konnte ich mir einreden, dass das Ganze gar nicht so schlimm war. Ich konnte mir einreden, Jonathan hätte den Staat verlassen und dass all diese verrückten Sicherheitsmaßnahmen komplett unnötig wären. Aber ich kenne meine Onkel. Wenn sie herkommen, machen sie sich wirklich Sorgen, und sie werden mich unter Verschluss halten, bis sie Jonathan aufgespürt haben.«

»Sie lieben dich eben.«

»Und ich liebe sie. Aber diese Situation hasse ich. Ich *hasse* sie einfach.«

»Sieh es doch mal so«, entgegnete Chase, »hätte Jonathan sich nicht dazu hinreißen lassen, jetzt schon etwas zu tun, wüssten wir vielleicht noch nicht einmal, dass er hier ist. Vielleicht wären wir dann noch unvorsichtiger geworden und er hätte die Chance bekommen, dich mir unter der Nase weg zu entführen. Und die Tatsache, dass Sean und Ian herkommen, bedeutet, dass wir der Sache eher früher als später ein Ende machen können. Ich bin mir ganz sicher, dass sie eine enorme Hilfe darstellen werden, wenn es darum geht, dieses Arschloch zu erwischen.«

»Ja.«

»Das werden sie.«

»Ich weiß.«

»Und warum hörst du dich nicht besonders glücklich an?«, wollte Chase wissen.

Sadie biss sich auf die Lippe und blickte in Chases braune Augen. Ihretwegen war er verletzt worden. Wegen dem, was sie getan hatte. Oh, sie wusste, dass Jonathan heute derjenige war, der den Abzug gedrückt hatte, aber er war wegen ihrer Taten dort. Er war entschlossen, sie dafür zu bestrafen, dass sie ihn in dem Schlafzimmer in Bexar hereingelegt hatte.

Wenn Jonathan sie je wieder in die Finger bekam, würde er sie töten, dessen war sie sich sicher.

Ihre Gefühle für Chase waren kompliziert, aber egal, wie oft sie aneinandergerieten, sie respektierte ihn ... mochte ihn. Vielleicht war es sogar mehr als nur mögen. Sie *wollte* ihn.

Sie holte tief Luft und versuchte, tapfer zu sein, und sagte: »Sobald Jonathan festgenommen wird, muss ich nach Dallas zurückkehren. Zu meinem Leben.«

Chase bewegte langsam seine Hand und fuhr ihr mit den Fingern durchs Haar, bis seine ganze Hand auf ihrem Kopf lag. Er streichelte ihre Wange mit seinem Daumen. »Wenn du denkst, dass ich dich einfach so nach Hause zurückkehren lasse, ohne dich wiederzusehen, liegst du falsch.«

Sadie blinzelte. Sie wusste, dass sie sich an seine Hand schmiegte, konnte sich aber einfach nicht davon abhalten. »Wirklich?«

»Wirklich. Du hast mich doch gehört, als ich gesagt habe, dass du mir gehörst, oder etwa nicht?«

Ihre Hoffnungen wurden stärker und sie nickte. »Ich dachte, du hättest das einfach in der Hitze des Augenblicks gesagt oder so was.« Dann hielt sie den Atem an, als Chase sich zu ihr lehnte. Sie sah ihn weiterhin an, unwillig, die Augen zu schließen und auch nur eine Sekunde des ersten Kusses dieses Mannes zu verpassen, denn sie war auf dem besten Weg, sich in ihn zu verlieben.

Voller Vorfreude auf seinen Kuss leckte sie sich die Lippen, doch bevor ihre Münder aufeinandertrafen, ging die Tür auf.

»Ist sie schon wach – oh ... Entschuldigung«, sagte Rayne, hörte sich dabei aber gar nicht so an, als würde es ihr leidtun. »Wir sind unten und warten auf euch. Annie platzt gleich vor Neugier. Sie will unbedingt deine Wunde untersuchen, Chase. Das nur als freundliche Warnung. Und Sadie, wir Mädchen würden gern mehr über die heißen Typen erfahren, die für McKay-Taggart arbeiten.«

»Verdammt, Schwesterherz, du bist so gut wie verheiratet«, stöhnte Chase.

»Aber noch bin ich es nicht. Es sei mir jedenfalls zugestanden, gut aussehende Männer anzuschauen. Und jetzt kommt schon. Hört auf, hier rumzuknutschen, und kommt nach unten zu uns anderen.« Und damit machte Rayne die Tür zu.

Sadie biss sich auf die Lippe und betrachtete Chase. »Wir sollten besser gehen, bevor sie uns Annie auf den Hals hetzt.«

Chase strich mit dem Daumen über ihre glänzenden Lippen und sagte: »Wir bleiben heute Nacht hier. Fletch und Emily waren schon drüben in der Wohnung und haben deine Sachen geholt. Wir essen etwas und dann werden wir über Jonathan und die Schule reden. Und dann beenden wir das, wozu wir gerade nicht gekommen sind.«

Sadie wusste, dass sie rot wurde, nickte aber trotzdem. Sie wollte mit ihm nicht über Jonathan reden, aber sie musste es tun, bevor es zu spät war und sie sich vollends in ihn verliebte. Was ein Witz war, denn sie *war* jetzt schon in Chase verliebt. Aber sie musste seine Reaktion auf das sehen, was sie getan hatte, und er musste wissen, warum Jonathan so entschlossen war, sie zu kriegen. Wenn Chase immer noch mit ihr zusammen sein wollte, nachdem er alles erfahren hatte, wäre es umso besser.

»Ist das in Ordnung für dich?«, fragte Chase. Anscheinend hatte sie mit der Antwort zu lange gebraucht.

»Ja, Chase, das ist in Ordnung für mich.«

»Ich sage es jetzt und ich werde es später noch einmal sagen, wenn du es hören möchtest. Ich werde es sogar so lange sagen, bis du mir glaubst. Was auch immer passiert ist, für mich macht es keinen verdammten Unterschied. Es hat dich am Leben gehalten und es hat dich beschützt. Du brauchst dir also keine Sorgen darüber zu machen, wie ich reagieren werde, wenn du mir erzählst, was für schreckliche Dinge du glaubst getan zu haben. Ich kann dir garantieren, dass es nichts an meinen

Gefühlen für dich ändern wird. Es wird mich nicht dazu bringen, dich weniger zu wollen.«

Sadie starrte ihn an.

»Du hast richtig gehört, Fünkchen. Ich will dich. Ich will dich seit dem Moment, an dem ich dich das erste Mal gesehen habe. Ich hätte gar nicht erst warten sollen, aber ich dachte, wir hätten Zeit. Und das war dumm von mir. Denn ich weiß am besten, wie vergänglich das Leben sein kann. Ich habe dabei zugesehen, wie ein komplettes Team guter Männer, einige davon unter den besten, die ich je kannte, in einem kurzen Moment ausgelöscht wurde. Ich möchte niemals etwas bereuen, und wenn dir etwas zustößt, bevor ich dich zu der Meinen machen kann, würde ich es definitiv bereuen, es dir nicht gesagt zu haben. Ich hoffe nur, dass du mir eine Chance gibst, damit ich dir zeigen kann, dass ich der Richtige für dich bin.«

Sadie schluckte und öffnete den Mund, um ihm ihr Herz auszuschütten. Um ihm zu sagen, dass sie ihn auch schon seit ihrem ersten Treffen wollte. Dass sie all ihre weltlichen Besitztümer aufgeben würde, wenn *er ihr* die Chance gäbe, ihm zu zeigen, dass sie die Richtige für ihn wäre.

Aber die Tür zum Zimmer öffnete sich, bevor sie etwas sagen konnte, und die kleine Annie betrat den Raum.

»Jetzt *kommt* schon«, jammerte sie. »Ohne euch fangen wir nicht mit dem Essen an, und ich bin am

Verhungern! Wenn ich nicht in den nächsten dreißig Sekunden einen Hotdog bekomme, werde ich *sterben*!«

Chase behielt seine Hand noch ein wenig länger an Sadies Wange, bevor er sich nach vorne beugte und sie sanft auf die Stirn küsste. Dann stellte er sich hin und hielt ihr die Hand hin, die unverletzte Seite, um Sadie zu helfen. Sie rutschte von der Matratze und legte ihre Hand zaghaft in seine. Aus irgendeinem Grund hatten seine Worte bewirkt, dass sie jetzt schüchtern war.

»Also gut, Annie, wir kommen. Geh schon mal vor«, erklärte Chase dem kleinen Mädchen.

Sie marschierte auf sie zu und stellte sich hinter ihn. Dann legte sie beide Hände auf seinen Hintern und drückte. »Daddy hat mir befohlen, dass ich den Raum nicht ohne euch verlassen darf. Also musst *du* vorgehen.«

Chase lachte leise. »Ein ausgesprochen intelligenter Mann«, murmelte er leise und ließ es zu, dass das kleine Mädchen ihn aus dem Schlafzimmer schob.

Sadie folgte ihm und musste über das Benehmen von Fletchs kleiner Tochter lächeln. Sie war altklug und bezaubernd zugleich.

KAPITEL ACHT

Das Abendessen verlief überraschend gut. Sadie hatte gedacht, dass sie sich bei Ghost und Fletch unwohl fühlen könnte, aber sie waren bodenständig und erinnerten sie sehr an die Mitarbeiter von McKay-Taggart. Sie hatte Freunde, aber dazusitzen und zu beobachten, wie Rayne und Emily miteinander und mit ihren Männern umgingen, war erfrischend. Sie zeigten offen ihre Liebe füreinander. Sie hänselten und lachten zusammen, aber alles geschah vollkommen aus Zuneigung und Respekt.

Zu oft hatte Sadie am College Freundinnen wegen kleinlicher Eifersüchteleien und wahrgenommener Konkurrenz ihrerseits verloren. Aber es war offensichtlich, dass Emily und Rayne nicht neidisch aufeinander waren. Vielleicht lag es daran, dass sie älter waren, vielleicht lag es daran, dass sie mit Soldaten zusammen waren, von denen sie wussten, dass sie bei jedem ihrer Einsätze getötet werden konnten. Was auch immer es war, Sadie mochte sie. Sie genoss es, zu ihrem engeren Kreis zu gehören. Sie wollte diese wahre Intimität mit einer anderen Frau oder einer Gruppe von Frauen haben. Sie hatte das mit Milena gehabt und hatte es während des letzten Monats vermisst, mit ihr einfach nur zu entspannen und zu plaudern. Es war immer schön, eine Freundin zu haben, aber es war einfach etwas anderes, zu wissen, dass man Frauen hatte, auf die man sich auf jeden Fall verlassen konnte.

Sie saßen nach dem Abendessen entspannt herum und unterhielten sich, als Ghosts Telefon klingelte. Offensichtlich kannte er die Nummer und es war ihm egal, ob die anderen sein Gespräch mithörten, denn er machte sich nicht die Mühe, von der Couch aufzustehen, um ranzugehen.

»Hier ist Ghost. Hey, Fish, wie geht es dir? Wie geht es Bryn?« Er lächelte die Gruppe an, während er zuhörte, was der Mann am anderen Ende der Leitung sagte.

»Wirklich? Das hat sie gesagt? Verdammt, ich liebe deine Frau. Sie ist großartig.«

Sadie fühlte, wie Chase neben ihr erstarrte, kurz nachdem Ghost zu sprechen begonnen hatte, aber sie wusste nicht warum. Chase hatte die Hand seines verletzten Arms auf ihren Oberschenkel gelegt, als säßen sie immer so da, aber aus irgendeinem Grund grub er seine Finger fast schmerzhaft in ihr Bein, als Ghost mit seinem Freund zu sprechen begann.

Sie sah zu ihm hinüber – und er starrte Ghost mit einem Blick an, der so intensiv war, wie sie ihn noch nie gesehen hatte. »Chase?«, fragte sie leise und begann, sich Sorgen zu machen.

Ghost redete noch immer. »Wenn du deine neue Prothese bekommst, sag uns Bescheid. Ich würde gern wissen, wie sie dir gefällt und ob sie so hightech ist, wie behauptet wird. Ich soll dir von Annie sagen, dass sie dich vermisst. Sie ärgert sich, dass wir dich vor Kurzem besucht haben und sie nicht. Schließlich weiß sie schon alles über Bryn und kann es nicht erwarten, sie kennenzulernen.«

»Wie heißt er mit Nachnamen?«, fragte Chase laut und erschreckte damit Sadie. Er versuchte nicht, höflich zu sein; er hatte sich in das Gespräch mit Ghost eingemischt, als hätte er jedes Recht dazu. Er klang auch verärgert. Als wäre er wütend darüber, dass Ghost überhaupt am Telefon war.

Sadie sah Chase an. Er knirschte ganz offensichtlich mit den Zähnen, weil sie sehen konnte, wie sein Kiefer sich bewegte. Seine Lippen waren zusammengepresst und seine Augen waren zu Schlitzen verengt. Er packte ihr Bein immer noch so fest, dass sie wahrscheinlich blaue Flecke haben würde. Sadie wollte etwas tun, um ihm zu helfen, aber sie war sich nicht sicher, was überhaupt mit ihm los war.

Ghost, der entspannt und fröhlich gewesen war, war jetzt innerhalb einer Sekunde irritiert – und möglicherweise sogar ein wenig verärgert. »Warte kurz«, sagte er in das Handy und hielt es sich an die Brust, bevor er Chase anstarrte und fragte: »Was ist denn *dein* Problem?«

»Du hast den Mann am Telefon ›Fish‹ genannt. Wie heißt er mit Nachnamen?«

Ghost antwortete nicht sofort und die beiden Männer starrten einander einen langen Moment lang an.

Schließlich war es Rayne, die das angespannte Schweigen brach. »Munroe. Fish heißt Dane Munroe. Warum? Was ist denn los, Chase?«

Sadie sah dabei zu, wie alles Blut aus Chases Gesicht wich, als hätte er einen Geist gesehen. Sie verstand nicht, was um alles in der Welt los war, aber es war etwas Großes.

Wie in Trance streckte Chase die Hand in Ghosts Richtung und wollte ganz offensichtlich das Handy haben.

»Chase?«, fragte Rayne erneut und klang jetzt ausgesprochen besorgt.

Ghost zögerte einen Moment lang, doch er sah anscheinend irgendetwas in Chases Gesicht, was ihn dazu veranlasste, ihm das Telefon zu geben.

Keiner im Raum sagte auch nur ein Sterbenswörtchen, denn allen klar war, dass etwas Bedeutendes im Gange war, doch niemand wusste genau was.

Sadie streckte die Hand aus und legte sie auf Chases Bein, war sich aber ziemlich sicher, dass er sie überhaupt nicht mehr wahrnahm. Verdammt, anscheinend nahm er überhaupt nichts mehr um sich herum wahr.

Langsam hob er das Handy an sein Ohr. Sadie hörte den Mann namens Fish am anderen Ende der Leitung reden; seine Stimme war laut und man konnte ihn leicht durch den Lautsprecher des Telefons hören, besonders weil sie direkt neben Chase saß.

»Hallo?«, sagte Chase vorsichtig.

»Wer spricht dort?«, fragte Fish.

»Captain Chase Jackson. Und wer sind Sie?«

Am anderen Ende der Leitung entstand eine lange Pause, dann sagte Fish: »Verdammt, wirklich? *Jackson?*«

»Ja. Bitte sagen Sie mir, dass Sie der sind, für den ich Sie halte.«

»Verfickte Scheiße. Verdammt. Ich kann es einfach nicht glauben!«

Sadie machte große Augen bei dem Schwall von Flüchen, die aus dem Mund des Mannes kamen, mit dem Chase redete. Er hörte sich fast so mitgenommen an, wie Chase aussah.

Als ihm anscheinend keine weiteren Flüche mehr einfielen, sagte er einfach: »Ich dachte, Sie wären tot.«

Chase atmete hörbar aus und schloss die Augen. »Ich dachte, *Sie* wären tot. Hat sonst noch jemand überlebt?«

Fish räusperte sich. »Nein. Ich bin der Einzige. Ghost und sein Team kamen mit dem Konvoi und haben mir das Leben gerettet. Ich habe dabei meinen Arm verloren, aber wenn Truck mir nicht vierzig Minuten lang die Arterie zugehalten hätte, bis wir bei der Krankenstation ankamen, hätte ich auch mein Leben verloren. Verdammt, Sir ... hätte ich gewusst ... ich ... sie hätten Sie auch gerettet. Ich hielt Sie für *tot*.«

Die Emotion auf Chases Gesicht war für jeden im Raum deutlich zu sehen. Niemand sagte ein Wort; sogar die kleine Annie war still, während alle zusahen, wie sich das Geschehen vor ihren Augen abspielte.

»Sie haben das Richtige gemacht. Ich hatte das Bewusstsein verloren und als ich aufgewacht bin, waren Sie verschwunden. Ich dachte, die Einheimischen hätten Sie erwischt«, erklärte Chase Fish. »Verdammt, Munroe. Ich kann nicht ... ich kann einfach nicht glauben, dass Sie noch am Leben sind.«

Eine Träne fiel Sadie über die Wange, aber sie wischte sie nicht weg. Die Mischung aus Freude und Trauer auf Chases Gesicht war schön und herzzerreißend zugleich. Sie wusste, dass Fish einer der Soldaten aus der Gruppe sein musste, die die Geisel retten wollten. Sie erinnerte sich an die Trauer von Chase, als er darüber gesprochen hatte, dass alle Männer bei der

Explosion ums Leben gekommen waren und dass er keine Informationen über sie finden konnte.

»Wo stecken Sie jetzt?«, wollte Chase wissen.

»Idaho.«

»Idaho? Was zum Teufel machen Sie denn dort draußen?«

»Das ist eine lange Geschichte, aber ich musste einfach von allem weg. Ich kann große Menschenmengen nicht mehr ertragen. Laute Geräusche machen mir Angst. Hier draußen geht es mir gut. Es war die beste Entscheidung, die ich je getroffen habe. Nachdem ich umgezogen war, habe ich auch meine Frau kennengelernt.«

Chase schloss die Augen und ließ den Kopf sinken. Er kämpfte einen Moment lang mit seinen Emotionen, bevor er die Augen wieder öffnete und zu Ghost und Fletch sah. »Ich bin so verdammt froh, Munroe. Sie wissen ja nicht wie sehr.«

Zu spät hielt Fletch Annie die Ohren zu, als könnte er damit all die Schimpfwörter rückgängig machen, die das Mädchen gerade gehört hatte.

»Doch, Sir, das weiß ich«, lautete Fishs Antwort.

»Ich würde Sie gern einmal besuchen ... wenn das in Ordnung wäre«, erklärte Chase zögerlich.

»Ja. Ja, sehr gern. Dann können Sie auch gleich Bryn, meine Frau, kennenlernen. Sie ist wahnsinnig witzig und total schlau. Und ich meine wirklich *richtig* schlau. Aber kommen Sie bloß nicht auf irgendwelche

Gedanken ... ich weiß, dass Sie für die Antiterroreinheit arbeiten. Ich werde nicht zulassen, dass sie in so etwas verstrickt wird. Sie werden es verstehen, wenn Sie sie kennenlernen. Sie verbeißt sich immer *zu* sehr in alles und weiß nicht, wann sie aufhören muss.«

»Ich kann es kaum erwarten, sie kennenzulernen. Ich gebe das Telefon jetzt wieder an Ghost.«

»Okay. Sir?«

»Ja?«

»Ich bin froh, dass Sie nicht tot sind«, erklärte Fish ihm.

»Das geht mir auch so«, erwiderte Chase. Dann hielt er Ghost das Handy hin. Der nahm es, und Fish und er unterhielten sich kurz, bevor er wieder auflegte.

»Du warst an jenem Tag auch da?«, fragte Ghost leise.

Chase nickte. »Ich war mit dem Team auf eine Sondermission geschickt worden. Es war alles äußerst geheim. Es ging darum, Informationen für die Antiterroreinheit zu sammeln. Dann wurden wir losgeschickt, um die Lastwagenfahrerin zu retten, die als Geisel genommen worden war.«

Fletch war der Nächste, der sich zu Wort meldete. »Verdammt, Mann ... wir haben alle überprüft. Warum haben wir dich nicht gefunden?«

Chase zuckte mit den Achseln. »Als ich das erste Mal zu Bewusstsein kam, stellte ich fest, dass der Sitz des Wagens auf mir gelandet war. Ich musste mir später buchstäblich meinen Weg dort herausgraben. Dazu kommt noch, dass ich braunes Haar habe und völlig mit Sand bedeckt war ... Wahrscheinlich war ich einfach zu gut getarnt und habe mich perfekt in die Landschaft eingefügt. Ich finde es nicht merkwürdig, dass ihr mich nicht gefunden habt.«

Ghost schüttelte den Kopf. »Ich kann nicht glauben, dass ich meinen zukünftigen Schwager zurückgelassen habe. Nein. Das ist völlig inakzeptabel. Wir haben Mist gebaut. Die gleichen Leute, die die Lastwagenfahrerin entführt haben, hätten auch dich in die Finger bekommen können.«

»Aber das ist nicht passiert. Hör auf, dir Vorwürfe zu machen.« Chase blickte erst Fletch und dann Ghost in die Augen. »Und das ist ein Befehl«, erklärte er. Dann sprach er leiser weiter. »Munroe ist am Leben. Das ist ein verdammtes Wunder. Ich dachte, ich wäre der einzige Überlebende.«

Rayne wollte wissen: »Wie kann es sein, dass du nicht über Fish Bescheid wusstest? Ich meine, er war zum Beispiel da, als diese ganze Scheiße mit Kassie passiert ist. Er war sogar bei Emilys Hochzeit. Ich weiß, dass du nicht da warst, aber trotzdem. Er war hier. Und habe ich in deiner Gegenwart nie über ihn geredet? Schließlich ist es ja nicht so, als hättest du in einer Luftblase gelebt.«

Chase sah hinüber zu seiner Schwester. »Ich weiß es nicht. Wir unterhalten uns, aber ich habe niemandem von dieser Mission erzählt ... nun, außer Sadie, und das war wirklich erst vor Kurzem. Ich hänge nicht allzu oft mit Ghost und den anderen herum, wegen der Verbrüderungsregeln. Die Armee hält nicht viel davon, wenn Soldaten mit Offizieren abhängen.«

»Also, das ist wirklich total bescheuert«, erklärte Rayne leise.

Chase lächelte, sprach aber weiter. »Vielen Dank«, sagte er und betrachtete die beiden Soldaten der Delta Force. »Vielen Dank, dass ihr Munroe gefunden und da rausgeholt habt. Vielen Dank für alles, was ihr tut, und besonders dafür, dass ihr mir helft, dafür zu sorgen, dass Sadie in Sicherheit ist.«

»So ein Blödsinn«, erklärte Ghost. »Dafür brauchst du uns nicht zu danken. Das ist unser Job.«

»Genau«, pflichtete Fletch ihm bei.

»Und Fish hätte an unserer Stelle genau das Gleiche getan«, erwiderte Ghost.

»Auf jeden Fall«, stimmte Fletch ihm zu.

»Und ich weiß, dass er nicht hier ist, aber bitte bedankt euch auch für mich bei Truck«, erklärte Chase und sah dabei Ghost an, »dafür, dass er Munroe nicht aufgegeben hat. Ich weiß nicht genau, was los war, aber er hat mir gerade am Telefon gesagt, dass ihr genauso gut einfach hättet aufgeben können. Er hätte davon ausgehen können, dass er sowieso verbluten würde, doch das hat er nicht getan. Zu wissen, dass einer dieser Männer noch immer lebt ... und glücklich verheiratet ist ... das ist einfach ... da fehlen mir einfach die Worte.«

»Sir«, begann Ghost, beugte sich vor und stemmte die Ellbogen auf die Knie. Er sah Chase mit intensivem Blick an. »Truck würde das auch sagen, wenn er hier wäre. Du brauchst uns *nicht* zu danken. Also mach es nicht noch einmal. Hätte einer dieser anderen Männer auch nur eine Chance von eins zu hundert gehabt, da lebend rauszukommen, hätten wir sie wahrgenommen. Die Tatsache, dass Fish dabei war zu verbluten und offensichtlich seinen Arm verlieren würde, machte uns nur umso entschlossener, sein Leben zu retten. Und wenn wir dich dort gefunden hätten, hätten wir dasselbe für dich getan.«

Die Stimmung im Raum war angespannt. Alle waren völlig emotionsgeladen.

Als wüsste sie, dass die Stimmung aufgehellt werden musste, stieg Annie von Fletchs Schoß und lief zu Chase hinüber. Sie fragte nicht, sondern kletterte einfach auf seinen Schoß und legte ihre Hände an seine Wangen.

Sadie lächelte und rückte rüber, um dem kleinen Mädchen etwas Platz zu machen.

Annie lehnte sich an ihn und rieb ihre Nase an der von Chase, dann lehnte sie sich zurück, ließ ihre Hände auf seinem Gesicht und sagte: »Das nächste

Mal darfst du nicht einfach weiterschlafen, wenn mein Daddy kommt, um dich zu retten.«

Alle brachen in Gelächter aus.

Irgendwie gelang es Chase, sich zusammenzureißen, und er legte seine Hände an Annies Kopf, zog sie zu sich und küsste sie auf die Stirn. »Das werde ich nicht. Vielen Dank, Annie.«

Und damit nickte Annie und rutschte von seinem Schoß. Sie watschelte wieder zu Fletch hinüber und er hob sie wieder auf seine Knie.

Sadie schob einen Arm hinter Chase und legte ihre Hand auf seine Hüfte, dann legte sie ihre Beine auf die Couch. Sie lehnte sich an ihn und legte ihre freie Hand auf seine Brust. Er legte seine Hand auf ihre und schlang vorsichtig seinen verletzten Arm um ihren Rücken.

Er atmete ein, dann stieß er einen gewaltigen Seufzer aus und Sadie fühlte, wie er an ihr schmolz, als wären alle Sorgen, die in ihm aufgestaut waren, mit seinem Atem gelöst worden. Das Wissen, dass einer der Männer, die er für tot gehalten hatte, nicht nur lebte, sondern glücklich verheiratet war, reichte offensichtlich aus, um ihm zu helfen, etwas von der Spannung loszulassen, die sich in ihm aufgestaut hatte.

Das Gespräch drehte sich um allgemeine, alltägliche Dinge, bis es schließlich wieder auf Jonathan zurückkam und den Grund, warum sie und Chase überhaupt im Haus waren.

»Wir müssen über Jonathan reden«, bemerkte Chase und sah mit hochgezogenen Augenbrauen zu Fletch und Annie hinüber.

Emily verstand den Wink mit dem Zaunpfahl und sagte: »Und damit ist es, glaube ich, für Annie Zeit, ins Bett zu gehen.«

»Aber Mom«, klagte das kleine Mädchen, »ich will auch die Stremagie hören, wie wir die bösen Männer von Sadie fernhalten können.«

»Wenn du selbst eine Soldatin bist, kannst du auch an den Strategie-Besprechungen teilnehmen«, erklärte Fletch ihr. »Aber jetzt ist es schon längst Schlafenszeit und du gehörst ins Bett.«

Sie jammerte noch ein wenig, denn sie war ganz offensichtlich müde, ließ sich aber schließlich von ihrer Mutter von Fletchs Schoß herunterhelfen und in ihr Zimmer führen.

»Soll ich auch lieber gehen?«, fragte Rayne leise neben Ghost.

Chase schüttelte den Kopf. »Nein, ich finde, du solltest es auch hören. Schließlich wollen wir auf keinen Fall, dass Emily, Annie und du diesem Arschloch hilflos ausgeliefert seid.«

Sadie erschauderte und spürte, wie Chase seinen Arm fester um sie schlang.

»Es sieht folgendermaßen aus. Sadies Onkel kommt morgen mit Ian Taggart. Allein schon die Anwesenheit dieser beiden wird uns bei Weitem die

Oberhand geben. Sie waren auch Teil der Spezialeinheit und sie sind knallhart. Und Sadie ist sich sicher, dass das heute Jonathan war. Er hat mir auf dem Parkplatz alle vier Reifen platt gemacht und meinen Wagen sabotiert, um sich die Möglichkeit zu geben, an sie heranzukommen.«

»Und wie hat er herausgefunden, dass sie hier ist?«, wollte Ghost wissen.

»Da bin ich mir nicht sicher. Vielleicht gibt es in San Antonio noch ein paar Polizeibeamte, die früher die Schule besucht haben und nach der Razzia nicht festgenommen wurden. Vielleicht erpresst er sie, um Informationen über Sadies Aufenthaltsort zu erlangen.«

»Warum hat er es so auf dich abgesehen?«, wollte Rayne wissen.

Sadie biss sich auf die Lippe und senkte den Kopf. Sie wollte es nicht einmal *Chase* erzählen, also würde sie es auf keinen Fall ihrer neuen Freundin und den Deltas sagen.

Glücklicherweise kam Chase ihr zu Hilfe. »Das spielt jetzt keine Rolle. Es ist nur wichtig, dass er es auf sie abgesehen hat. Besprechen wir also die verschiedenen Szenarios.«

Sadie drückte in stillem Dank Chases Hüfte und er drückte als Erwiderung ihre Hand, die auf seiner Brust lag. Sie entspannte sich weiter an seiner Seite und fühlte sich mit ihm auf eine Art und Weise verbunden, wie sie sich seit Langem mit niemandem mehr verbunden gefühlt hatte.

Emily kehrte zurück, nachdem sie Annie ins Bett gebracht hatte, und ging sofort zu ihrem Mann. Sie nahm Annies Platz auf seinem Schoß ein und das Gespräch wurde fortgesetzt.

Die Diskussion war schnell und lebhaft, die Ideen und Gedanken kamen meist von den Männern. Sie diskutierten darüber, wie Sadie und die anderen Frauen vor Jonathan geschützt werden konnten und was er ihrer Meinung nach tun würde, wenn er, Gott bewahre, eine von ihnen in die Finger bekäme. Sie sprachen darüber, was die Frauen tun sollten, wenn sie von dem Mann als Geiseln genommen würden. Schließlich schmiedeten sie einen Plan, was sie tun sollten, falls Jonathan nicht in den nächsten Tagen festgenommen würde. Sie wollten nämlich auf keinen Fall, dass die Bedrohung durch den Mann sich über Wochen oder Monate hinzog.

Sadie wusste, dass es die perfekte Lösung für die Situation wäre, sich als Köder anzubieten, aber sie wusste auch, dass Chase, ganz zu schweigen von ihren Onkeln, es nicht zulassen würde.

Als könnte er ihre Gedanken lesen, sagte Fletch: »Das ist nur ein Vorschlag – ich würde meine Arbeit nicht richtig machen, wenn ich es nicht wenigstens zur Sprache bringen würde –, aber wie wäre es, wenn wir Sadie irgendwo alleine hingehen lassen? Wir könnten sie aus der Ferne beobachten und wenn Jonathan auftaucht, könnten wir ihn uns schnappen.«

Interessanterweise war es nicht Chase, der als Erster antwortete, sondern Ghost. »Auf keinen Fall.«

»Wir würden sie ja überwachen; zusammen mit den Taggarts. Ihr würde nichts passieren.«

»Wir riskieren nicht die Sicherheit einer der Unseren. Punkt. Außerdem ist Jonathan vielleicht ein Pädophiler und vollkommen irre, das bedeutet aber noch längst nicht, dass er dumm ist. Er würde sofort vermuten, dass es sich um eine Falle handelt. Schließlich war sie heute mit Chase zusammen, und kurz nachdem er auf ihn geschossen hatte, sind Fletch und ich aufgetaucht. Er weiß, dass sie Leute hat, die auf sie aufpassen. Und davon mal ganz abgesehen, würdest du Emily in einer solchen Situation sehen wollen? Vielleicht sollten wir Annie alleine in den Park schicken?«

»Nein, das wollte ich damit auf gar keinen Fall –«, begann Fletch zu protestieren, doch Ghost unterbrach ihn.

»Genau. Und nur weil Sadie noch nicht so lange zu unserer Gruppe gehört, bedeutet das noch längst nicht, dass wir ihre Sicherheit aufs Spiel setzen. Das kommt überhaupt nicht infrage.«

Sadies Augen füllten sich mit Tränen, als sie hörte, wie Ghost sie verteidigte. Es stimmte, er kannte sie nicht, ebenso wenig wie die anderen Männer und Frauen im Raum, aber das spielte keine Rolle. Er wollte nicht zulassen, dass sie sich in Gefahr begab, nur um die Bedrohung für die anderen zu beenden.

Sie begann so langsam zu verstehen, dass Ghost ihr Schwager und Rayne ihre Schwägerin sein könnten, sollte sie *wirklich* mit Chase zusammen sein.

Das wollte sie plötzlich. Mit jeder Faser ihres Wesens. Aber sie war definitiv etwas voreilig. Sie hatte Chase noch nicht einmal geküsst. Es war dumm, über eine Heirat nachzudenken ... oder nicht?

Vielleicht nicht, wenn man berücksichtigte, wie oft Chase hatte verlauten lassen, sie gehörte ihm und er wollte sie. Er hatte sogar rundheraus gesagt, dass er sie heiraten wollte.

Sadie schaute zu Chase auf und blinzelte, als sie die Emotionen sah, die sich auf seinem Gesicht widerspiegelten. Er starrte Fletch mit zusammengekniffenen Augen und zusammengepressten Lippen an. Offenbar war er wütend auf ihn, weil er auch nur angedeutet hatte, dass sie sie als Köder benutzen würden. Sie hatte gedacht, dass er sehr impulsiv gewesen war, als er mit diesem Fish am Telefon gesprochen hatte. Aber das war nichts im Vergleich zu dem, was sie in diesem Moment sah.

»Du hast natürlich recht«, erklärte Fletch und sagte dann an Sadie gewandt: »Und ich entschuldige mich auch bei dir. Ich habe nicht wirklich vorgehabt, dich als Köder zu benutzen. Ich wollte nur alles in Betracht ziehen. Ich habe versucht, verschiedene Möglichkeiten vorzuschlagen, damit du so schnell wie möglich in Sicherheit bist.«

Sie nickte dem Mann zu. Sie dachte nicht schlecht von ihm; sie war eigentlich überrascht, dass niemand es früher zur Sprache gebracht hatte.

Nach einer weiteren Stunde schienen die Männer sich über eine Art Plan einig zu sein. Es hing alles von Jonathan ab und davon, wie verrückt er war. Sadie hatte das Gefühl, dass Jonathan früher oder später etwas unternehmen würde. Er war sauer. Und besessen. Allein schon deswegen würde er sie verzweifelt in die Finger bekommen wollen, und er würde hoffentlich direkt in die Falle laufen, die die Deltas ihm stellten.

»Für Emily ist für heute Schluss«, erklärte Fletch leise. »Sie ist aufgrund der Schwangerschaft einfach wahnsinnig müde. Ich bringe sie ins Bett.« Seine Frau lag auf dem Sofa neben ihm und schlief. Und obwohl sie ziemlich groß war, sah sie neben ihrem Ehemann fast winzig aus.

»Ich bin auch schon halb eingeschlafen«, erklärte Rayne Ghost und gähnte ausgiebig, um diese Tatsache zu unterstreichen.

Als die Gruppe sich langsam auflöste, kam Fletch zu Sadie hinüber, die neben Chase saß. Er ging vor ihr in die Hocke und sagte: »Es tut mir wirklich leid, falls ich deine Gefühle verletzt habe, Sadie. Ich hielt es ja selbst für keine gute Idee, aber ich wollte eben

Vorschläge machen, die dazu führen, dass das Ganze so schnell wie möglich ein Ende für dich hat.«

Da sie nicht damit gerechnet hatte, dass er sich erneut bei ihr entschuldigte, sagte sie gar nichts. Bevor ihr eine Antwort einfiel, antwortete Chase für sie.

»Mach so einen Scheiß nie wieder, Fletch. Mir ist schon klar, dass das Team in der Vergangenheit darüber nachgedacht hat, Leute als Köder zu benutzen, und es sogar getan hat, aber diese Zeiten sind jetzt vorbei. Zu viele von uns haben ihre eigenen Frauen, um das überhaupt jemals in Betracht zu ziehen.«

»Du hast natürlich recht. Unter den gegebenen Umständen war es wirklich dumm von mir, es überhaupt vorzuschlagen.«

Als keiner der beiden Männer etwas sagte, war Sadie klar, dass sie einschreiten musste, um die merkwürdige Stimmung aufzulockern. Sie legte eine Hand auf Fletchs Arm. »Es ist schon in Ordnung. Ich verstehe das. Wirklich.« Sie nickte ihm kurz zu.

»Wir sorgen dafür, dass du in Sicherheit bist, Sadie. Genau dafür sind wir ausgebildet. Du hast ja selbst eine Zeit lang bei McKay-Taggart gearbeitet, bevor du nach San Antonio gefahren bist, richtig? Ich nehme an, dass sie dort genauso gut auf ihre Frauen achtgeben wie wir auf unsere«, bemerkte Fletch.

Sadie nickte. Das *wusste* sie. Ian und die anderen kümmerten sich immer um diejenigen, die ihnen am Herzen lagen. Und wenn sie ehrlich zu sich selbst war,

war es ziemlich toll zu wissen, dass sie jemanden hatte, an den sie sich anlehnen konnte, der ihr half, Entscheidungen in Bezug auf wichtige Dinge in ihrem Leben zu treffen, und der für sie eintrat und sie beschützte, wenn es hart auf hart kam. »Ich verstehe das«, erklärte sie Fletch.

Er nickte, stand auf und streckte die Hand aus, um ihr aufzuhelfen, und Sadie ergriff sie. Chase war augenblicklich an ihrer Seite und nahm ihre Hand aus Fletchs. Sie hätte fast laut gelacht, brachte es jedoch nicht übers Herz.

»Bis morgen«, erklärte Chase. »Übernimmst du die erste Wache?«

»Ja. Ich bringe Emily zu Bett und wecke dann Ghost in ungefähr einer Stunde.«

»Das hört sich gut an.«

»Bis später, Sir.«

Auf dem Weg zu ihrem Zimmer fragte Sadie Chase: »Warum nennen sie dich alle ›Sir‹?«

»Um es kurz zu machen, mit Ausnahme von Ghost sind sie alles einfache Soldaten und ich bin Offizier. Uns wird von Anfang an eingebläut, so miteinander umzugehen. Und obwohl ich mit ihnen befreundet bin, ist es mir eigentlich verboten, mit ihnen rumzuhängen und befreundet zu sein.«

»Das ist *wirklich* dumm«, bemerkte Sadie. »Das verstehe ich nicht.«

»Sieh es mal so«, versuchte Chase ihr zu erklären,

»wenn wir gemeinsam in den Kampf ziehen müssen, werde ich die Befehle geben. Es wird erwartet, dass sie diese Befehle, ohne Fragen zu stellen, ausführen. Wenn wir Freunde sind, gebe ich entweder nicht den entsprechenden Befehl, in den Kampf zu ziehen, weil ich nicht will, dass meine Freunde verletzt werden, oder sie könnten meine Autorität aufgrund unserer persönlichen Beziehung infrage stellen. Es ist eine heikle Situation und deswegen besteht die Regel der Nichtverbrüderung.«

Chase machte die Schlafzimmertür hinter ihnen zu, während er den Satz beendete.

»Ja, okay, das macht Sinn. Aber es ist wirklich scheiße. Ich will nämlich, dass ihr alle miteinander befreundet seid. Es sind alles so fantastische Menschen.«

»Ja. Aber wenn Ghost meine Schwester heiratet, sind wir offiziell miteinander verwandt, und das bedeutet, dass die Armee wahrscheinlich nicht zulässt, dass wir jemals wieder zusammenarbeiten. Und da er nicht vorhat, sein Team zu verlassen, muss ich mir keine Gedanken darüber machen, jemals Fletch, Truck oder die anderen unter meinem Befehl zu haben. Deswegen mache ich mir überhaupt keine Gedanken darüber, hier heute zu übernachten oder auch an irgendeinem anderen Tag, oder mit ihnen zusammen-zuarbeiten, um dafür zu sorgen, dass du in Sicherheit bist.«

»Das ist gut.«

»Ja, Fünkchen, das ist gut. Und warum machst du dich jetzt nicht fertig? Und wir unterhalten uns, nachdem wir beendet haben, was wir angefangen hatten, als Annie uns unterbrochen hat.«

»Das willst du noch immer?«, fragte sie.

Chase lehnte sich zu ihr und Sadie atmete seinen einzigartigen Duft nach Pfefferminze ein. Er legte ihr die Hand seitlich an den Hals und selbst diese einfache Berührung sorgte dafür, dass sie Gänsehaut bekam. »Das möchte ich immer noch. Selbst als wir unten darüber diskutiert haben, wie wir dich in Sicherheit bringen können, konnte ich nur daran denken, dich wieder hier hochzubringen, dich auf dieses Bett zu legen und dir genau zu zeigen, wie viel du mir bedeutest.«

Sadie konnte ihn nur anstarren. Sie hatte davon geträumt, so etwas von ihm zu hören, seit dem Tag, an dem sie ihn kennengelernt hatte. Und nun konnte sie kaum glauben, dass er es tatsächlich gesagt hatte.

»Geh und zieh dich um. Ich habe dir etwas im Badezimmer hingelegt. Ich benutze das Gästebad auf dem Flur.«

Dann ging er plötzlich auf sie zu und drückte seinen Mund auf ihren.

Überrascht keuchte Sadie und er nutzte ihre Reaktion aus, um seine Zunge in ihren Mund zu pressen. Sein Kuss war nicht zaghaft. Es war kein typischer erster Kuss, um herauszufinden, was ihr gefiel. Er verschlang sie geradezu. Er hielt ihren Hinterkopf mit seiner Hand fest und ließ sie nicht los – nicht dass sie es nicht so wollte.

Nach dem ersten Schock stöhnte Sadie und gab ihm, was er wollte. Sie öffnete sich weiter und neigte den Kopf, sodass er sie tiefer küssen konnte.

Nach mehreren Momenten intensiven Küssens zog er sich zurück und starrte sie an. Er leckte sich die Lippen und holte tief Luft. »Und jetzt mach dich fürs Bett fertig, Fünkchen.«

»Okay«, flüsterte sie, doch keiner der beiden bewegte sich.

Schließlich lachte er kurz und machte einen Schritt von ihr weg. »Geh schon. Wenn du jetzt nicht gehst, werde ich mich nicht zurückhalten können, und dann werden wir uns nicht zuerst unterhalten.«

»Vielleicht können wir das Gespräch ganz ausfallen lassen«, sagte Sadie hoffnungsvoll. Mit Chase zu schlafen hörte sich auf jeden Fall viel besser an, als über Jonathan reden zu müssen.

»Erst reden wir und dann lieben wir uns die ganze Nacht lang. Ich möchte genau herausfinden, wo deine empfindlichsten Stellen sind, wo und wie du angefasst werden möchtest und wie du schmeckst.«

»Chase«, hauchte Sadie und bekam ganz schwache Knie von den Bildern, die seine Worte in ihrem Kopf auslösten.

Ohne ein weiteres Wort wirbelte Chase herum und verließ das Zimmer.

Sadie führte eine Hand an ihre Lippen und zeichnete sie nach. Dann lächelte sie und eilte ins Badezimmer, um sich bettfertig zu machen.

Er mochte es vielleicht nicht so gemeint haben, aber dieser Kuss war der beste Ansporn zum Reden, den sie jemals gehabt hatte. Sie würde Chase von Jonathan erzählen, hoffentlich würde er immer noch mit ihr zusammen sein wollen, dann hätte sie endlich den Mann, nach dem sie sich schon viel zu lange gesehnt hatte.

Der Tag war irgendwie scheiße gewesen, aber wenn er damit endete, dass Chase mit ihr schlief, würde es ihr nichts ausmachen, ihn noch einmal zu durchleben.

KAPITEL NEUN

Chase lag auf dem Bett und wartete darauf, dass Sadie aus dem Badezimmer kam. Sie war schon eine Weile da drin, aber er wollte sie nicht hetzen. Es war schlimm genug, dass er sie so heftig geküsst hatte, ganz zu schweigen davon, dass er ihr gesagt hatte, er wollte die ganze Nacht lang Liebe mit ihr machen.

Er hatte nicht gelogen, obwohl er wahrscheinlich nicht so unverblümt hätte sein sollen. Aber den ganzen Abend neben ihr zu sitzen, ihren Duft einzuatmen und sie in den Armen zu halten, hatte ihn so erregt, dass er sich nicht hätte zurückhalten können, selbst wenn sein Leben davon abgehangen hätte.

Sie dachte wahrscheinlich, er hätte sie völlig ausgeblendet, während er sich mit Munroe unterhielt. Dass er keine Ahnung hatte, dass sie sein Bein mit tröstenden Bewegungen gestreichelt hatte, während er sich selbst kaum hatte zusammenreißen können. Die Erkenntnis, dass er *nicht* der einzige Mann gewesen war, der diese beschissene Mission überlebt hatte, war überraschend, berauschend und frustrierend zugleich. Sein befehlshabender Offizier hätte es ihm sagen sollen. Ihm war klar, dass der Tod eines ganzen Delta Force-Teams nie an die große Glocke gehängt wurde … aber scheiß drauf. Er *hätte* es erfahren müssen. Er hatte monatelang geglaubt, dass jeder einzelne dieser Delta Force-Soldaten durch die Hand des ISIS ums Leben gekommen war. Die Schuldgefühle, die er empfunden hatte, weil er als Einziger von dieser fehlgeschlagenen Rettungsmission davongekommen war, hatten ihn zerfressen.

Er trauerte immer noch um die anderen Männer, die gestorben waren, aber herauszufinden, dass Munroe am Leben war und es ihm gut ging, war ein Wunder.

Sadie hatte neben ihm gesessen, ohne mit der Wimper zu zucken, als er ihr Bein gequetscht hatte, und ihn schweigend gestützt, während er durchgedreht war. Das bedeutete ihm so wahnsinnig viel.

Und das wollte er für den Rest seines Lebens. Ihre Unterstützung. Er würde sie nehmen und zehnfach zurückgeben. Und nur Sadie konnte ihm diese Art von Unterstützung geben. Niemand sonst würde es tun. Niemand sonst konnte ihn beruhigen, wenn er sich fühlte, als würde er in einem Meer von

Emotionen ertrinken. Niemand sonst konnte ihn zum Lächeln bringen, wenn er dachte, er würde nie wieder lächeln.

Er hatte lange genug gewartet.

Es interessierte ihn ehrlich gesagt nicht mehr, warum Jonathan von ihr besessen war. Es war ihm scheißegal, was Sadie getan oder nicht getan hatte. Das Arschloch hatte seine Frau nicht in der Hand. Die Vergangenheit war Vergangenheit, und was auch immer passiert war, als er sie in diesem Schlafzimmer in Bexar hatte, konnte mit Jonathan sterben, denn Chase war es egal.

Aber für Sadie war es wichtig. Er konnte es in ihren Augen erkennen, jedes Mal, wenn er sie ansah. Sie hatte eine Scheißangst, dass das, was sie ihm erzählte, ihn zur Flucht treiben würde. Aber sie hatte keine Ahnung. Er würde nirgendwo hingehen. Er gehörte ihr, hoffentlich gehörte sie ihm, und damit basta.

Aber damit sie loslassen konnte, musste sie es sich von der Seele reden. Sie musste ihm sagen, was passiert war, damit er ihr versichern konnte, dass er sie immer noch wollte ... sie liebte ... und dass sie gemeinsam in die Zukunft schauen konnten. Sobald sie es ihm gesagt hatte, würde er ihr auf eine seiner intimsten Weisen zeigen, dass das Arschloch Jonathan Jones niemals zwischen sie kommen würde. Nicht damals, nicht jetzt und auch nicht in Zukunft.

Chase hörte ein Geräusch und drehte den Kopf in

Richtung Badezimmer. Er atmete scharf ein und fühlte, wie sich sein Schwanz vor Erregung aufrichtete.

Sadie stand in der Tür des Badezimmers und sah verunsichert aus. Sie trug sein T-Shirt und es stand ihr erstaunlich gut. Es war natürlich zu groß, aber da er nicht so viel größer war als sie, reichte es ihr bis zum Oberschenkelansatz. Er wusste, wenn sie sich umdrehte und bückte, würde er alles sehen können. Er wusste nicht, ob sie einen Schlüpfer trug oder nicht, aber das spielte keine Rolle.

Er streckte eine Hand aus. »Komm her, Sadie.«

Sie zerrte am Saum seines T-Shirts und schlurfte auf das Bett zu, wobei sie sich auf die Lippe biss. Die Sommersprossen in ihrem Gesicht wurden fast von der Röte verdeckt, die hell auf ihre Wangen strahlte. Er schlug die Decke zurück und lächelte, als Sadie schnell vortrat und sich auf das Bett setzte.

Sie lehnte sich zurück, und er zog die Decke hoch und über sie beide. Das einzige Licht im Raum kam von einer Lampe auf der anderen Seite des Bettes. Sie warf ein sanftes Licht, sodass er ihr Gesicht sehen und einschätzen konnte, was sie dachte, aber nicht so hell, dass es die sanfte Stimmung zerstörte.

Chase zog Sadie an sich, bis sie an seiner Seite mit dem Kopf auf seiner Schulter lag. Das war das erste Mal, dass sie zusammen in einem Bett lagen. Oh, er hatte während des letzten Monats davon geträumt, aber er hatte sich beherrscht. Es hatte ihn fast umgebracht, jeden Abend gute Nacht zu sagen und ihr nicht in sein Gästezimmer zu folgen, aber er hatte durchgehalten. Und jetzt, wo er sie im Bett an sich gepresst hielt? Er würde sie nie wieder alleine schlafen lassen.

Er konnte ihre nackten Beine an seinen eigenen spüren und er knirschte mit den Zähnen, um seine Erektion unter Kontrolle zu halten. Er wollte sich am liebsten auf Sadie rollen, um mit ihr zu schlafen, bis keiner von beiden mehr wusste, wie er hieß. Er ermahnte sich zur Geduld.

»Alles in Ordnung?«, fragte er leise.

Sie nickte an seine Schulter gelehnt.

Chase wartete einen Moment, doch als sie nicht weitersprach, sagte er: »Also, dann erzähl mir davon.« Er brauchte nicht zu erörtern, was er mit »davon« meinte, da sie das ohnehin wusste.

Und er war tatsächlich überzeugt davon, dass Sadie entweder eingeschlafen war oder ihn ignorierte, aber schließlich begann sie mit kleiner, schüchterner Stimme zu reden. »Als ich meinen Verdacht hatte, was an dieser Schule vor sich ging, zögerte ich nicht, meinen Onkel anzurufen. Ich dachte, er könnte vielleicht etwas unternehmen. Es war dumm von mir, Milena nichts davon zu erzählen. Ich hätte sie davon abhalten sollen, jeden Tag dorthin zu gehen. Aber ich wusste, wie viel ihr die Arbeit bedeutete, und sie kümmerte sich wirklich um die Teenager, die sie in ihrer Obhut hatte.«

»Du warst nicht hundertprozentig sicher, was vor sich ging, also war es keine schlechte Sache, ein wenig Vorsicht an den Tag zu legen, Fünkchen.«

Sie sagte dazu nichts, sondern erzählte weiter. »Dann habe ich sie dort besucht und sie dazu überredet, mich einfach jedes Mal mitkommen zu lassen, wenn sie zur Arbeit in die Schule ging. Sie hatte keine Ahnung, was dort vor sich ging, Chase. Nicht die geringste Ahnung.«

Sadie zeichnete mit dem Finger irgendwelche Muster auf Chases Oberkörper und er nahm ihre Hand in seine, um sie zu beruhigen und gleichzeitig dazu zu ermutigen weiterzusprechen.

»Ich hatte keine Gelegenheit, die jüngeren Mädchen zu sehen, als ich dort war. Wir durften den Bereich, in dem die schwangeren Teenager untergebracht waren, nicht verlassen. Aber nach der Razzia, als die FBI-Agenten mich befragten, zwang ich sie, mir zu sagen, was sie mir sagen konnten.

Jeremiah und Jonathan waren schreckliche Menschen. All die Dinge, die sie diesen armen Mädchen angetan haben, waren schrecklich. Und die Tatsache, dass sie sie im Grunde genommen an andere Pädophile in der Gemeinde vermieteten, machte es nur noch schlimmer. Ich war von all dem so angewidert. Obwohl ich für Milena da war, hatte ich das Gefühl, ich hätte etwas mehr tun müssen, um diesen Mädchen zu helfen. Die Agenten verrieten mir, dass

Jeremiah eine Gruppe von Mädchen für Jonathan handverlesen hatte. Sie sagten einigen, sie hätten nicht das Glück gehabt, vom Leiter ausgewählt zu werden, aber dass sie seinem Sohn geschenkt wurden, war fast genauso gut. Andere waren Ausgestoßene von Jeremiah, die zu alt für ihn geworden waren.«

Chase hasste, was er hörte, aber er war ehrlich gesagt nicht überrascht. Er hatte an der Nachbesprechung mit dem FBI über Jeremiah Jones teilgenommen und wusste Bescheid über das, was der Gründer an der Schule getan hatte. Er hatte die Abschriften der Interviews mit einigen der Jugendlichen und Mädchen gelesen, die gerettet worden waren. Sie alle würden eine umfassende Therapie benötigen, um die Gehirnwäsche, die sie durchgemacht hatten, zu überwinden.

Er wandte den Kopf und legte seine Lippen auf Sadies Stirn. Chase lag so da und hoffte, dass seine Fürsorge und Sorge hoffentlich durch den Hautkontakt in sie eindrangen. Nach einer Weile fuhr sie fort.

»Obwohl ich wusste, dass Jonathan genauso schlimm wie sein Vater war, hatte ich nicht wirklich Angst vor ihm. Ich dachte, Milena sei diejenige, die in Gefahr war, nicht ich. Als er uns entführt hat, war ich ehrlich gesagt nicht allzu besorgt. Ich meine, ich war besorgt, aber nicht um mich. Als Jonathan mich also fortgeschleppt hat, hat mich das schockiert. Ich war nicht ganz klar im Kopf. Es war so unwirklich, als er anfing, mir zu erzählen, was er mit mir machen wollte. Dass er mich als Zuchtstute haben wollte, um ihm Mädchen zu geben, die er nach Herzenslust missbrauchen konnte.

Das hat mich fast gebrochen. Ich konnte mit fast allem umgehen, was er mir antat, aber der Gedanke, dass er mein Kind mitnahm und ihm wehtat ... das machte mich verrückt. Nachdem er mich also in ein Schlafzimmer geschleppt hatte und bevor er mich k. o. schlug, ließ ich zu, dass er mich berührte. Er hob mein Hemd hoch und fasste mir an die Brüste. Er sagte mir, wie hässlich ich sei und wie das nicht nur für mich ein Opfer war, mit ihm zu schlafen, sondern auch für *ihn*, aber dass das Endergebnis es wert wäre.«

Sadie sah zu ihm hoch und er konnte ihr den Schmerz, die Verlegenheit und die Scham im Gesicht ablesen. »Er hat mir wehgetan, Chase. Er hat mir in die Brustwarzen gezwickt, meinen Busen gedrückt und mich sogar gewürgt, als ich versucht habe, mich zu wehren. Er sagte, dass er es toll fand, wie leicht meine blasse Haut blaue Flecke bekam. Dass er sich vielleicht daran gewöhnen könnte, eine ältere Frau zu ficken. Dass er mir mehr Schmerzen zufügen konnte als den Mädchen, dass ich mehr aushielt als sie. Ich ... ich wollte es nicht, aber ich wusste, dass ich ihn aufhalten musste. Ich wusste, dass Milenas Freund irgendwann auftauchen würde, um sie zu holen ... also musste ich alles in meiner Macht Stehende tun, um ihn abzulenken.«

Als sie nicht weitersprach, zog Chase sie auf sich, da er sie nicht unter sich begraben wollte, falls dieser Mistkerl sie vergewaltigt hatte, und fragte: »Was, Fünkchen? Was hast du getan? Erzähl es mir ein Mal, und dann müssen wir nie wieder darüber reden.«

Sadie schloss die Augen und ihre Atmung beschleunigte sich. Chase erkannte ihre Reaktion als eine Kampf-oder-Flucht-Reaktion. Er streichelte sanft ihre Haut, ohne sie unter Druck zu setzen und ohne sie gegen ihren Willen zu bedrängen.

Schließlich sagte sie: »Ich habe so getan, als hätte ich einen Orgasmus. Ich habe den Kopf in den Nacken geworfen und die Vorstellung meines Lebens gegeben. Außer dass die Tränen in meinen Augen nicht von der Ekstase, sondern von den Schmerzen stammten. Und er hat es mir abgekauft, voll und ganz. Ich dachte, er würde mir die Hose ausziehen, nachdem ich aufgehört hatte, zu stöhnen und zu zittern wie ein Pornostar, aber stattdessen wurde seine Berührung sanfter. Er streichelte mich mehrere Minuten lang, während ich so tat, als käme ich von meinem Orgasmus noch herunter. Dann drehte er meinen Kopf und zwang mich, ihn zu küssen. Und zwar für lange Zeit. Ich weinte und zitterte immer noch von dem Schmerz in meiner Brust, aber ich machte mit ihm rum. Ich küsste ihn, als könnte ich nicht genug bekommen, während ich die ganze Zeit versuchte, nicht zu kotzen. Dann griff er nach meiner Hand und fesselte sie mit Handschellen an das Bett. Er verhöhnte mich und sagte, er hätte die ganze Zeit gewusst, dass ich eine Hure sei, wie alle Frauen, und dass er es in Zukunft genießen würde, mich zu verletzen, aber er würde seinen Samen in mich pflanzen, genau hier und jetzt.«

Sadie atmete tief durch und sagte dann: »Doch bevor er etwas tun konnte, piepte sein Telefon und er bekam eine SMS. Ich weiß nicht, wer es war, vielleicht Jeremiah, aber er schlug mich an diesem Punkt k. o. Als ich wieder zu mir kam, zerrte er mich aus diesem Raum in einen anderen, wo ich auf Milena und ihren Sohn traf. Jeremiah hielt JT fest, und er und Jonathan verabschiedeten sich voneinander. Dann brachte Jonathan mich zurück ins Schlafzimmer. Er küsste mich wieder und ich dachte, wenn ich ihn zurück küsste, wenn ich gefügig wäre, würde ich vielleicht eine Chance finden zu entkommen. Aber er lächelte mich an. Ein böses, schreckliches Lächeln, bei dem ich am liebsten gekotzt hätte. Er sagte mir, er wolle beenden, was er vorhin begonnen hatte. Er fesselte wieder eines meiner Handgelenke und beugte sich dann vor, um etwas aus einer Schublade im Tisch neben dem Bett zu holen.

Der Gedanke daran, was er anderen im selben Bett angetan haben mochte ... daran, was er mir antun wollte ... machte mich so *wütend*! Mein Fuß bewegte sich, bevor ich überhaupt darüber nachdachte. Ich trat ihn mit all meiner Kraft, und er schlug mit dem Kopf auf den Tisch und fiel um wie ein toter Baum im Wald.«

Sie schloss die Augen und sprach schnell weiter. »Dann habe ich mir die Klettverschlussfessel abgerissen. Ich habe nicht darauf geachtet, ob Jonathan mich verfolgt oder nicht, sondern bin einfach abgehauen.«

»Du bist erstaunlich«, erklärte Chase ihr leise.

Sie schüttelte den Kopf. »Ich habe ihn *geküsst*, Chase. Ich habe zugelassen, dass er mich anfasst.«

»Blödsinn«, versicherte er ihr. »Du hast es selbst gesagt, du wolltest Zeit schinden, damit Hilfe kommen konnte. Du hast *mir* Zeit verschafft, zu dir zu gelangen. Du warst selbstlos und tapfer und du hast getan, was du tun musstest.«

»Das würdest du nicht sagen, wenn ich mit ihm geschlafen hätte. Wenn er mich geschwängert hätte.«

»Da liegst du falsch«, erwiderte Chase mit rauer Stimme. »Denn auch wenn du dich nicht gewehrt hast, wäre es immer noch eine Vergewaltigung gewesen. *Er* war der Verbrecher, Sadie, und du hast nichts falsch gemacht. Aber du solltest wissen, dass sich meine Gefühle für dich nicht geändert hätten, selbst wenn er mit oder ohne dein Einverständnis mit dir geschlafen hätte und selbst, wenn du deswegen schwanger wärst. Es hätte überhaupt nichts geändert. Du gehörst mir, Sadie Jennings. Und jedes Kind, das du als Resultat dieser Nacht bekommen hättest, wäre meins gewesen. *Unseres*. Fünkchen, es ist mir egal, ob du mit einem oder einhundert Männern geschlafen hast. Von nun an gehörst du mir. Und für mich gibt es niemanden sonst.«

»Das kann nicht dein Ernst sein«, erklärte Sadie. »All die Typen, die ich kenne, wollen wissen, mit wie vielen Männern ihre Frau geschlafen hat. Und ganz besonders dann, wenn einer dieser Männer Jonathan war.«

»Würdest du mich weniger mögen, wenn ich dir sage, dass ich mit hundert Frauen geschlafen habe? Dass ich Freundinnen hatte, seit ich fünfzehn war?«

»Also ... eigentlich nicht.«

»Und warum nicht?«

»Weil du ein Mann bist. Da ist das etwas anderes.«

»Nein. Es ist überhaupt nicht anderes. Es ist die verdammte Gesellschaft, die die Frauen davon überzeugt hat, dass es in Ordnung ist, wenn ein Mann herumschläft und sich nicht um seine Ehre schert. Das macht ihn zu einem Hengst. Aber eine Frau muss ihre Jungfräulichkeit wie im achtzehnten Jahrhundert schützen, sonst ist sie eine Schlampe und eine Hure.«

Sadie starrte ihn mit großen Augen an. Er sah genau, wann bei ihr der Groschen fiel.

»Ich sehe, du hast es verstanden. Sieh mal, wir haben alle eine Vergangenheit. Gut, schlecht und hässlich. Es gibt Dinge, von denen auch ich mir wünschte, ich hätte sie anders gemacht, als ich aufwuchs, aber ich kann jetzt nichts mehr daran ändern. Jetzt kann ich nur noch nach vorne schauen. Aber die bewusste Entscheidung zu treffen, zu tun, was nötig war, um Milena und dir ein wenig Zeit zu verschaffen, ist nichts, weswegen du dich *jemals* schämen solltest.«

Sie ließ den Kopf fallen und er stieß auf seine Schulter. Sie presste ihre Arme unter sich zusammen und legte ihre Handflächen flach auf seine Brust. Sie öffnete die Beine, setzte sich auf seine Hüften und schob ihre Knie neben seinen Körper. Chase legte die Arme um sie.

Mehrere Minuten vergingen und keiner von beiden sagte ein Wort. Sie genossen es einfach, einander nahe zu sein.

Schließlich hob Sadie den Kopf. »Er hat mir wehgetan und ich hatte Angst, dass es lange dauern würde, bevor ich wieder mit jemandem schlafen möchte. Oder überhaupt mit Männern zusammen sein möchte. Doch in dem Moment, in dem ich dich sah, wusste ich, dass du anders bist.«

»Das *bin* ich«, erklärte Chase sofort.

Sie grinste und er war so erleichtert, dass er ihr die Sterne vom Himmel geholt hätte, nur damit sie ihn weiterhin so anlächelte. »Du gehörst mir.«

»Ja, Fünkchen, das tue ich. Und ich hoffe, dass du es schon weißt, aber ich werde dir niemals wehtun, wie dieses Arschloch es getan hat. Nie im Leben.«

»Das weiß ich. Sonst wäre ich überhaupt nicht hier.«

»Und warum glaubst du, will Jonathan dich unbedingt in die Finger bekommen?«, fragte Chase, der ein für alle Mal mit dem Thema abschließen wollte, bevor sie mit etwas anderem weitermachten. »Weil du ihn fertiggemacht hast?«

Sadie zuckte mit den Achseln. »Vielleicht. Ich glaube, er fühlt sich auf irgendeine Art von mir betrogen. Die Tatsache, dass ich so getan habe, als hätte ich einen Orgasmus, und ihn geküsst habe, hat vielleicht dazu geführt, dass er dachte, ich würde ihn tatsächlich wollen. Und als ich ihn getreten habe, muss ihm klar geworden sein, dass es alles nur vorgeheuchelt war. Und jetzt ist er von mir besessen. Oder besser gesagt von den Babys, die er von mir haben will. Ich glaube, er hat diese Fantasie in seinem Kopf aufgebaut, eine neue Schule zu gründen und rothaarige kleine Mädchen zu haben, die ihm folgen und auf sein Geheiß jedes seiner perversen Bedürfnisse erfüllen. Und er ist überzeugt, dass ich die Einzige bin, der sie ihm geben kann.«

»Ja, ich glaube, du hast recht. Wahrscheinlich hat er das Gefühl, du würdest ihm gehören. Er ist unter dem Einfluss seines Vaters aufgewachsen, also glaubt er, Frauen seien nur für eine Sache gut. Und anstatt zu verschwinden, wie er es hätte tun sollen, da das FBI nach ihm sucht, kann er es nicht verkraften, dich zu verlieren.«

Sadie erschauderte auf ihm und Chase hätte sich am liebsten selbst eine Kopfnuss verpasst, wenn es möglich gewesen wäre. »Es tut mir leid, Fünkchen. Wir müssen nicht mehr weiter davon sprechen.«

Sie schüttelte sofort den Kopf. »Nein. Du sagst ja nichts, woran ich nicht selbst schon gedacht habe. Aber ich glaube, dass noch mehr dahintersteckt. Ich habe ihn ausgetrickst. So getan, als würde mir das, was er tut, gefallen. Ich glaube, ich habe sein Ego verletzt, weil ich ihn habe dumm dastehen lassen und ihm noch dazu entkommen bin.«

Chase nickte. »Ja, ich verstehe, wie das dazu führen könnte, dass er sich noch mehr auf dich fixiert.«

»Ich ... ich wollte einfach nur, dass er mich in Ruhe lässt.«

»Aber so ist es besser«, sagte Chase und beeilte sich, seine Aussage zu erklären, als er spürte, wie sie erstarrte. »Denk doch mal darüber nach. Was, wenn er verschwunden wäre? Wenn er nach Mexiko geflohen wäre? Er würde immer noch genauso denken wie jetzt. Er wäre noch immer von dir besessen und hätte das Gefühl, dass du ihm gehörst. Aber wir wüssten nichts davon. Du würdest dein Leben weiterleben und dir keine Gedanken über ihn machen, weil du denkst, er sei schon lange weg. Aber dann könnte er eines Tages einfach in die Stadt zurückspazieren und dich packen.«

»Du hast recht«, stimmte Sadie sofort zu, dann erschauderte sie. »Wenn du es so ausdrückst, bin ich total froh, dass er ungeduldig, unreif und leicht verrückt ist.«

Chase drehte sich vorsichtig um und hielt dabei Sadie an sich gedrückt, bis sie auf dem Rücken und er über ihr lag, wobei er sich auf den Ellbogen abstützte. Er vergrub seine Finger in ihrem Haar und hielt ihren Kopf fest. »Bist du in Ordnung?«

»In Ordnung?«

»Machst du dir keine Gedanken mehr darüber, was ich davon halten könnte, was sich mit diesem Arschloch in jenem Zimmer abgespielt hat?«

Sie senkte den Blick, biss sich auf die Lippe und sah dann wieder zu ihm hoch. »Es macht dir nichts aus, dass ich es zugelassen habe, dass er mich anfasst?«

»Nein, Fünkchen, kein bisschen. Die Tatsache, dass du mir alles aus deiner Perspektive erzählt hast, stärkt nur meine Achtung vor dir.«

Mehrere Sekunden lang sagte keiner von beiden etwas und dann flüsterte Sadie schließlich: »Würdest du mit mir schlafen?«

»Aber wenn ich irgendetwas tue, das dir nicht gefällt, sagst du es mir«, befahl Chase ihr. »Wenn ich dich berühre und es zu viele schlechte Erinnerungen weckt, dann sag etwas. Wenn wir anfangen und du in

Panik gerätst, sag es mir. Es ist mir egal, ob ich in dir bin und du einen Flashback hast, du sagst es mir und ich höre auf. Ich will auf keinen Fall, dass dies etwas ist, das du nur tolerierst. Ich wünsche mir, dass du mich mehr willst als deinen nächsten Atemzug ... denn so sehr will ich dich.«

»Chase ...«, entgegnete Sadie mit brechender Stimme.

»Versprichst du es mir?«, drängte Chase.

»Ich verspreche es dir. Und ich will dich. Ich wollte dich von dem Moment an, in dem ich dich zum ersten Mal gesehen habe. Bitte schlaf mit mir.«

»Nichts lieber als das«, entgegnete Chase und senkte seinen Kopf zu ihrem.

KAPITEL ZEHN

Sadie schloss die Augen und verlor sich in Chases Kuss. Sie hatte solche Angst gehabt, ihm zu erzählen, wie sie Jonathan geküsst hatte, um ihn hinzuhalten, aber sie hätte sich keine Sorgen machen müssen. Sie wusste, dass es Chase leid für sie tat, aber er war weder angewidert noch abgestoßen von dem, was sie getan hatte.

Gott sei Dank.

Sie öffnete die Augen, als Chase sich zurückzog, und sie fühlte seine Hände an ihrer Taille. Er saß rittlings auf ihr und schob ihr das T-Shirt sanft den Bauch hinauf. Sie fühlte sich überhaupt nicht bedrängt, obwohl Jonathan sie in der gleichen Position gehalten hatte, als er ihr wehgetan hatte. Sie hob die Arme, um es Chase leichter zu machen, das T-Shirt auszuziehen, und achtete nicht darauf, wo es hinflog, als er es vom Bett warf.

Er hatte den Blick wie hypnotisiert auf ihre Brust gerichtet und auf seinem Gesicht war ein leichtes Stirnrunzeln zu erkennen.

Sie blickte nach unten, um herauszufinden, was er betrachtete, und sah nichts außer ihrer eigenen Haut. Aber sie erinnerte sich an die Spuren, die durch die brutale Art und Weise, wie Jonathan mit ihr umgegangen war, entstanden waren. Sie hatten ein paar Wochen angehalten und waren erst vor Kurzem verblasst.

Sie hob die Hände hoch, um sich zu bedecken, aber Chase hielt sie fest. Er küsste beide Handflächen und sagte dann: »Bitte versteck dich nicht vor mir, Fünkchen. Niemals. Du bist wunderschön.«

Dann haute er sie um.

Als wüsste er genau, wo die blauen Flecke gewesen waren, beugte er sich vor und küsste die entsprechenden Hautstellen. Er küsste sie, als hätten seine Küsse die Kraft, ihre Wunden weiter zu heilen. Als er fertig war, ging er weiter nach unten und legte seine Wange auf ihren Bauch. Seine Ellbogen waren gespreizt, er hatte die Hände seitlich an ihre Brüste gelegt und mit den Daumen streichelte er sanft ihre steinharten Brustwarzen.

Sie hätte glauben können, er wäre eingeschlafen, wenn er nicht die Finger bewegt hätte.

»Chase?«, fragte sie, nachdem er mehr als eine Minute so gelegen hatte. »Geht es deinem Arm gut? Tut er weh?«

»Meinem Arm geht es gut. Ich brauche nur eine Minute«, sagte er leise.

»Alles in Ordnung?«, hakte Sadie nach, die langsam anfing, sich Sorgen um ihn zu machen.

»Ich würde ihn am liebsten umbringen«, entgegnete Chase leise und nüchtern.

Sadie blinzelte. Wow. Er fühlte sich ganz weich auf ihr an, nicht verspannt, nicht einmal verärgert. Doch in seinen Worten schwang eine Wut mit, die sie an ihm nicht kannte. Sie fuhr ihm mit der Hand über den Kopf und verwuschelte sein braunes Haar. Sie liebte es, wie er sich anfühlte.

»Es geht mir gut«, flüsterte sie.

Sie spürte, wie Chase tief durchatmete, und sein warmer Atem strich über die empfindliche Haut an ihrem Bauch, als er ausatmete, dann hob er den Kopf. »Ich werde dir niemals wehtun, Sadie. Niemals.«

»Das weiß ich.«

Dann begann er, seine Hände erneut zu bewegen, streichelte und knetete ihren Körper. Schon kurz darauf wand sie sich unter ihm und konnte es kaum erwarten, dass er weiter ging. »Chase ... ich will ...« Sie beendete den Satz nicht, als er eine ihrer Brustwarzen in den Mund nahm und sanft daran saugte.

Mit einem Plopp ließ er ihren Nippel aus seinem

Mund gleiten und grinste. »Was willst du, Fünkchen? Was brauchst du?«

»Ich will dich. Nackt«, keuchte sie.

Chase zog sich hoch, bis er über ihr kniete, griff dann hinter seinen Kopf und nach dem Stoff seines Hemdes. Er zog es sich in einer einzigen sanften Bewegung über den Kopf und warf es zur Seite.

Sadie ließ den Blick über seinen Körper gleiten. Er war gut gebaut. Er war nicht so gut gebaut wie einige der Männer, die sie gesehen hatte, aber für sie war er perfekt. Er hatte eine Spur verstreuter dunkler Härchen auf der Brust, die sich nach unten hin verjüngte und in den Bund seiner Boxershorts führte.

Als sie den Blick tiefer gleiten ließ, konnte sie sehen, wie erregt er war, mit ihr zusammen zu sein. Die Wölbung in seinen Boxershorts war so beeindruckend, dass sie dachte, wenn er sich genau richtig bewegte, würde sein Schwanz aus dem Schlitz vorne aus dem Material herausspringen. Allein der Gedanke daran, wie er aussehen würde, brachte sie zum Lächeln.

»Hey, mein Gesicht ist hier oben«, neckte er sie, legte ihr einen Finger unter das Kinn und zwang sie, den Kopf zu heben, sodass sie ihm in die Augen sah.

Sadie kicherte und blickte ihm tief in die Augen, während sie ihre Hände über seinen Körper wandern ließ. Zuerst fuhr sie über seine Oberschenkel und dann, ohne seinen Schwanz zu berühren, seinen

Bauch hinauf zu seinen Brustmuskeln. Sie grub ihre Finger in seine Haut und lächelte breiter, als er nach Luft schnappte. Dann kehrte sie ihre Bewegungen um und fuhr mit den Handflächen über sein Brusthaar, hinunter zu dem schönen V seiner Muskeln und wieder zurück zu seinen Oberschenkeln. Sie tat es wieder und ließ ihre Hände seinen ganzen Körper hinauf- und dann wieder hinuntergleiten.

Und währenddessen sahen sie einander unverwandt an und Chase bewegte sich nicht, sondern ließ sie seinen Körper erkunden.

Nachdem sie seinen Körper zum dritten Mal mit den Händen erforscht hatte, hielt er sie schließlich fest und beugte sich vor, wobei er ihre Arme an den Handgelenken über den Kopf hielt.

»Du hast mir alles erzählt, nicht wahr?«, fragte Chase leise.

»Alles?«

»Ja.«

»Du hast nicht vergessen, mir zu sagen, dass er dir die Hand ins Höschen gesteckt hat oder dich doch vergewaltigt hat, richtig?«

»Nein, ich habe nicht vergessen, dir das zu sagen, weil er das nicht getan hat. Soweit habe ich es nicht kommen lassen.« Eigentlich wollte Sadie wütend werden, doch sie konnte es nicht, wenn Chase sie so ansah, wie er es jetzt tat. »Ich habe zwar zugelassen, dass er meine Brüste anfasst, aber ich hätte ihn auf keinen Fall weitermachen lassen.«

»Ich wollte mir nur sicher sein, dass du keine schlechten Erinnerungen oder Momente der Angst erlebst, wenn ich deinen wunderschönen Körper erforsche.«

»Ich weiß, dass du es bist, der mich anfasst, Chase. Und ich will von dir angefasst werden.«

Chase stöhnte. Er ließ ihre Hände los und glitt ihren Körper hinunter, bis er zwischen ihren Oberschenkeln lag. Dann steckte er seine Finger seitlich unter den Bund der schwarzen Baumwollunterhose und ohne großes Getue zog er sie ihr die Beine hinunter.

Sadie half ihm dabei, sie loszuwerden, und hatte sie augenblicklich wieder vergessen, als sie spürte, wie Chase mit seinen Fingern über ihre kurzen Locken strich.

»Verdammt. Das ist so verdammt sexy«, stellte er fest.

Sadie sah, dass er die Augen nicht von ihr lassen konnte. »Was denn?«

»Das hier. Dein rotes Schamhaar. Es hat genau die gleiche Farbe wie das Haar auf deinem Kopf.«

Sadie verdrehte die Augen, störte Chase jedoch nicht bei seiner Erkundung ihres Körpers. Als mehrere Sekunden verstrichen waren und er immer noch nicht weitermachte, fragte sie: »Hast du vor, vielleicht in nächster Zukunft fortzufahren, Chase? Oder soll ich es mir selbst besorgen?« Sie ließ eine Hand ihren Bauch hinab zu ihrer Klitoris gleiten.

Chase hielt ihr Handgelenk fest und sah schließlich doch zu ihr hoch. »So sehr ich das auch sehen möchte, Fünkchen, das müssen wir auf ein andermal verschieben. Ich will dich schmecken.« Und damit senkte er seinen Kopf zwischen ihre Beine.

Sadie zuckte bei der ersten Berührung seiner Zunge zusammen und stöhnte dann bei der zweiten. Er hob die Hand zu ihrer Muschi und trennte die Schamlippen, wobei er seine Zunge zwischen ihnen hindurchlaufen ließ. Er stöhnte und tat es wieder. Und dann noch einmal.

Dann änderte er seine Position, stützte sich auf den Ellbogen auf, hielt ihre Schamlippen mit der anderen Hand offen und begann, sie ernsthaft zu lecken oder besser gesagt zu schlemmen. Das war das einzige Wort, das ihr einfiel, um zu beschreiben, was er mit ihr machte.

Es war erstaunlich und überwältigend zugleich. Sadie war keine Jungfrau; sie war schon mit anderen Männern zusammen gewesen, aber das ... Niemand hatte ihr je das Gefühl gegeben, das Chase ihr nun bescherte. Es war nicht seine Technik, sondern der Enthusiasmus, den er an den Tag legte. Er leckte sie nicht halbherzig ab, bis er das Gefühl hatte, dass er es lange genug getan hatte und damit weitermachen konnte, sie zu ficken – nein, er verschlang sie.

Gerade als sie dachte, es könnte nicht besser werden, verschob sich Chase wieder. Eine Hand zog die Haut über ihrer Klitoris zurück, damit er direkten Zugang zu dem kleinen, empfindlichen Nervenbündel hatte, und er senkte erneut den Kopf.

Er legte seinen Mund auf ihre Klitoris und saugte hart an ihr. Ihre Hüften wippten, aber er hielt sie leicht fest, während er sie leckte. Chase ließ seine Zunge wirbeln und leckte, und so etwas hatte sie noch nie gefühlt. Anstatt ihre Augen zu schließen und sich in seiner Berührung zu verlieren, beobachtete sie ihn.

Für einen Moment sah sie nur seinen Scheitel, aber als könnte er ihren Blick auf ihm spüren, neigte er den Kopf nach oben und ihre Blicke trafen sich. Seine Pupillen waren geweitet und sie konnte sehen, wie sein Kiefer arbeitete, während er mit seinem Mund Liebe mit ihr machte.

»Chase«, flüsterte sie.

Ihre Oberschenkel zitterten und ihre Hüften waren nun in ständiger Bewegung und wippten unter ihm, während ihr Orgasmus immer näher und näher kam. Kurz bevor sie zum Höhepunkt kam, fühlte sie, wie er mit einem Finger seiner anderen Hand langsam in ihre völlig durchweichte Muschi eindrang. Auf der Suche nach ihrem G-Punkt krümmte er den Finger. Sadie hatte in der Vergangenheit nur einen G-Punkt-

Orgasmus gehabt, und das war mit viel Herumpro-bieren mit ihrem treuen, speziell geformten Vibrator verbunden gewesen.

Als hätte er eine Landkarte ihres Körpers und wüsste bereits genau, wo er ihn finden könnte, zielte Chase mit seinem Finger auf den unebenen Punkt in ihrem Inneren. Er streichelte das empfindliche Nervenbündel und sie zuckte, warf den Kopf zurück und umklammerte das Laken neben sich. Als er es wieder tat, während er gleichzeitig hart an ihrer Klitoris saugte, verlor sie fast den Verstand.

Der stärkste, intensivste Orgasmus, den sie je erlebt hatte, fegte durch ihren Körper, sodass sie leise aufschrie und ihren Rücken unter Chase wölbte. Er ließ den Sog an ihrer Klitoris für einen Moment vereb-ben, aber dann begann er, an ihr zu lecken ... hart.

»Verdammt, Chase«, Sadie schrie auf, als ihr Körper erneut heftig zum Orgasmus gebracht wurde. Sie fühlte, wie sich sein Finger in ihr bewegte, aber es war, als hätte sie eine außerkörperliche Erfahrung erlebt. Sie war da, aber sie war es nicht.

Ein leichter Schweißfilm bedeckte ihren Körper, als sie sich unter Chases erfahrenen Händen von ihm wand. Als sie endlich das Gefühl hatte, wieder atmen zu können, öffnete sie die Augen. Chase hockte wieder über ihr. Seine Boxershorts waren verschwunden und sie fühlte die Spitze seines Schwanzes zwischen ihren Beinen. Als sie nach unten blickte, sah sie, dass er sich ein Kondom übergezogen hatte, während sie sich von ihrem Orgasmus erholt hatte, und bereit war, in sie einzudringen.

»Sadie?«, fragte er und wartete auf ihre Erlaubnis.

Als Antwort öffnete Sadie ihre Knie und gewährte ihm Einlass. Sie ließ die Hände über seine Hüfte zu seinem Hintern gleiten und griff nach ihm. »Ja.«

Als wäre das eine Wort alles, was ihn zurückgehalten hatte, bewegte Chase sich in der Sekunde, in der sie es aussprach. Er griff mit der Hand seine Schwanzwurzel und schob sich langsam, aber stetig in sie hinein.

Obwohl sie klatschnass war, fühlte sie immer noch einen kleinen, unangenehmen Stich, als er in ihren Körper eindrang.

Aber Chase hörte nicht auf, bis er ganz tief in ihr drin war. Er bewegte eine Hand zu ihrem Hintern und zog an einer Pobacke, wobei er ihre Falten ein winziges bisschen auseinanderzog und sich etwas mehr Platz in ihrem Inneren verschaffte.

Beide seufzten angesichts dieses Gefühls.

Dann blieb er ruhig. Für einen Moment blieben sie so, starrten einander in die Augen und wussten, dass ihr Leben sich irgendwie schon dadurch für immer verändert hatte, dass er in ihren Körper eingedrungen war.

Sadie wand sich unter ihm. Der Schmerz war verschwunden und stattdessen fühlte sie sich ausgefüllt. Aber sie wollte mehr. Brauchte mehr. »Bitte«, flehte sie ihn an.

»Sag mir, was du willst«, presste Chase zwischen zusammengebissenen Zähnen hervor. »Tue ich dir weh? Ich habe gesehen, dass du einen Moment lang das Gesicht verzogen hast, konnte aber nicht aufhören. Gott steh mir bei, ich konnte einfach nicht aufhören.«

»Nein«, rief sie und umschlang mit den Knien seine Hüften, aus Angst, er könnte sich zurückziehen. »Es tut nicht weh. Es war nur einen Moment lang unangenehm, weil es schon so lange her ist. Bitte hör nicht auf.« Sie spannte ihre inneren Muskeln an und versuchte, ihm damit zu zeigen, wie gut es sich anfühlte, ihn in sich zu haben.

Er stöhnte. »Verdammt, Fünkchen. Wenn du so weitermachst, komme ich noch, bevor ich mich überhaupt in dir bewegt habe. Du bist so verdammt schön. Ich konnte einfach nicht warten. Das Gefühl deiner Muschi um meinen Finger ... so heiß. Feucht. Verdammt.«

Sadie lächelte. Er benutzte keine ganzen Sätze, als wäre er zu aufgebracht, um zu denken. »Fick mich, Chase. Besorge es mir richtig.«

»Oh, es besteht kein Zweifel daran, dass das hier unvergesslich wird«, erklärte er ihr, während er seinen Schwanz ganz langsam aus ihr herauszog, bis nur noch seine Eichel in ihr war. Und dann stieß er ganz langsam wieder in sie hinein. »Und es besteht kein Zweifel daran, dass du dich fantastisch anfühlst.«

Und dann begann er, sie zu lieben. Erst mit langsamen, sanften Stößen. Es fühlte sich gut an, aber Sadie wusste, dass sie niemals kommen würde, wenn er es ihr nicht schneller besorgte. Da sie sich zu sehr schämte, ihn um das zu bitten, was sie brauchte, ließ sie ihre Hand zwischen ihre Beine wandern und streichelte seinen Schwanz, als er ihn das nächste Mal aus ihrem Körper herauszog. Er stöhnte und sie lächelte.

Dann benutzte sie ihre feuchten Finger, um ihre Klitoris zu stimulieren. Bei der ersten Berührung zuckte sie zusammen, da sie immer noch ausgesprochen empfindlich war dank der Behandlung, die er ihr zuvor mit seinem Mund hatte zukommen lassen. Aber je mehr sie mit sich selbst spielte, umso besser fühlte es sich an.

»Verdammt, das ist so heiß«, erklärte Chase über ihr. »Wie hart magst du es?«, wollte er von ihr wissen.

»So hart wie du es mir besorgen möchtest«, erklärte Sadie. Dann überwand sie ihre anfängliche Scheu und erklärte ihm: »Es fühlt sich zwar gut an, wenn du langsam machst, aber so werde ich nicht zum Orgasmus kommen.«

»Was brauchst du?«

»Dich.«

Kaum hatten diese Worte ihren Mund verlassen,

stieß Chase seinen Schwanz mit aller Heftigkeit in ihren Körper. »Ungefähr so?«

»Oh Gott, ja! Mehr.«

Chase sagte nichts weiter, legte nur seine Hände auf ihre Hüften, um sie ruhig zu halten, und begann dann, mit harten Stößen auf ihren Körper einzuhämmern. Sadie konnte fühlen, wie ihre Brüste jedes Mal wippten, wenn er tief in sie hineinstieß, aber das war ihr völlig egal. Sie konnte an nichts anderes denken als an Chases harten Schwanz, der sie stieß.

Sie ließ ihre Finger schneller über ihre Klitoris gleiten. Chase legte seine Hände auf die Innenseite ihrer Schenkel und drückte sie fest nach unten, wodurch sie sich ihm noch weiter öffnete. Die Stellung fühlte sich sinnlich und verdorben an, und sie hatte noch nie zuvor mit jemandem in dieser Position geschlafen.

Chase hatte seine Hände stark und fest auf ihren Körper gelegt und bewegte ihre Beine dorthin, wo er sie haben wollte, wo er alles gut sehen konnte, was er mit ihr machte.

Ihre Finger bewegte sie jetzt noch schneller, und sie war so nahe dran. »Fick mich«, murmelte sie erneut. »Ich bin fast so weit.«

Froh darüber, dass er ihre Hand nicht weggedrückt und versucht hatte, ihre Klitoris selbst zu stimulieren – sie hasste es, wenn Typen dachten, sie würden ihren Körper besser kennen als sie selbst –, widerstand Sadie dem Drang, die Augen zu schließen, und ließ den Blick zwischen ihre Beine gleiten, wo Chases Schwanz in sie hineinstieß. Sein Schaft war von ihren Säften bedeckt und die Geräusche, die von seinen Stößen kamen, waren fast schon obszön.

Der Sex war rau. Und echt. Und das Erstaunlichste, was sie je gefühlt hatte. Sie fingerte grob an ihrer Klitoris und fühlte, wie ihr Orgasmus sich schnell näherte. Bevor sie ein Wort sagen konnte, war er da. Ihr ganzer Körper zitterte von der Kraft ihrer Lust, verstärkt durch die brutalen Stöße von Chases Schwanz in ihre Muschi, die sich nun verkrampfte und zuckte.

Gerade als sie von den Höhen der Verzückung herunterkam, stieß Chase ein weiteres Mal in ihren Körper und grunzte. Er legte den Kopf in den Nacken, seine Brustwarzen hart wie Diamanten. Sie merkte, dass er den Atem anhielt, und Sadie konnte tatsächlich spüren, wie sein Schwanz bei jedem Spritzer rhythmisch zuckte.

Als er fertig war, blickte Chase mit einem Ausdruck solcher Verehrung auf seinem Gesicht auf sie herab, dass Sadie am liebsten geweint hätte. Sie hätte alles dafür gegeben, dass er sie immer so ansah. Ohne ein Wort zu sagen, beugte er sich zur Seite und wälzte sie mit sich herum. Sie lagen mit verschränkten Beinen da und umklammerten sich für eine gefühlte Ewigkeit mit den Armen.

Schließlich hob er den Kopf und küsste sie. Er schmeckte nach Moschus, wie sie, aber Sadie war das egal. Sie machte sich keine Gedanken darüber, was der nächste Tag bringen würde. Sie dachte nicht daran, was zuvor mit Jonathan geschehen war. Sie konnte nur Chase riechen, schmecken und sehen.

»Bist du müde?«, fragte er leise, als er aufhörte, sie zu küssen.

»Mmmm.«

Er wollte sich von ihr wegbewegen, aber Sadie hielt ihn in den Armen fest. »Wo willst du hin?«

»Ich muss das Kondom wegwerfen und dann wollte ich eigentlich nach Fletch sehen.«

»Bleibst du?«, fragte sie. »Nur noch ein kleines bisschen?«

Er sah ihr eine Zeit lang in die Augen und nickte dann. »Ja, für ein kleines bisschen. Gib mir eine Minute.«

Sie nickte und sah zu, wie er die Decke zurückwarf und völlig nackt ins Badezimmer ging. Sein Hintern war fast so schön wie der Rest von ihm. Innerhalb weniger Augenblicke kam er wieder auf sie zu.

Er schien nicht einen Funken Scham zu haben, da er nicht versuchte, sich zu bedecken oder irgendeinen Teil seines nackten Körpers vor ihr zu verstecken. Er schlüpfte wieder unter die Decke und nahm sie in die Arme.

Sadie seufzte zufrieden, schmiegte sich an ihn und machte es sich bequem.

»Nur damit du es weißt«, sagte Chase, »ich will nicht, dass du nach Dallas zurückkehrst. Ich weiß, dass du dort deinen Job hast und deine Tante und dein Onkel dort leben, aber ich glaube nicht, dass ich mich jemals wieder daran gewöhnen kann, alleine zu schlafen.«

Überrascht hob Sadie den Blick. »Fragst du mich etwa, ob ich bei dir einziehen will?«

»Ich weiß es nicht«, gab Chase zu und wandte den Blick ab, bevor er sie wieder ansah. »Der logische Teil meines Gehirns sagt, dass es viel zu schnell geht. Dass ich wirres Zeug rede. Dass wir einander erst besser kennenlernen müssen, bevor wir diese Art von Beziehung eingehen. Wir haben zwar eigentlich schon einen Monat lang zusammengelebt, aber da habe ich mich zusammengerissen und versucht, mich gut zu benehmen. Sobald wir uns voreinander gehen lassen, gefällt dir vielleicht nicht, dass ich jeden Morgen die Nachrichten schauen möchte. Oder dass ich mich anscheinend nie daran erinnern kann, den Toilettensitz runterzuklappen. Und dass ich dich ausnutzen werde, wenn du bei mir wohnst, und du immer die Wäsche waschen musst, denn das hasse ich.

Aber meine emotionale Seite befiehlt mir, dich niemals wieder gehen zu lassen. Dir einen Ring an den Finger zu stecken, damit du mich nie mehr verlassen kannst. Damit jeder andere Mann, der es wagt, dich anzusehen, weiß, dass du schon jemandem gehörst ... nämlich mir. Verdammt, ich ziehe es sogar in Betracht, für den Rest meines Lebens die Wäsche, den Abwasch und den Hausputz zu übernehmen, wenn du mich heiratest.«

»Chase«, murmelte Sadie.

»Pst. Denk einfach nur darüber nach. Wir müssen nicht jetzt sofort irgendwelche Entscheidungen treffen. Aber du solltest auf jeden Fall wissen, dass das für mich nicht nur eine Affäre ist. Damals, als du mir in die Arme gelaufen bist, völlig verängstigt, aber ausgesprochen darauf bedacht, es dir nicht anmerken zu lassen – verdammt, selbst bevor ich dich überhaupt getroffen hatte und dich nur von einem Bild kannte, wusste ich es.«

»Was wusstest du?«

»Dass ich dich in meinem Leben haben möchte. Unter mir, über mir, neben mir. Ich habe nie an Liebe auf den ersten Blick geglaubt. Ich war mir sicher, meine Schwester wäre verrückt, als sie sich nach nur einer Nacht mit Ghost in ihn verliebt hat. Aber jetzt verstehe ich es.«

Sadie hatte bei seinen Worten Schmetterlinge im Bauch. »Ich dachte, Frauen sind immer diejenigen, die mehr wollen, und die Männer haben immer Angst davor, eine feste Beziehung einzugehen«, neckte sie ihn.

»Anscheinend bin ich eben anders«, sagte Chase rau.

Sadie kicherte.

»Schlaf jetzt«, befahl Chase erneut. »Und wenn ich aufstehe, dann flippe nicht aus. Ich sehe nur nach Fletch, um mich davon zu überzeugen, dass alles in Ordnung ist, okay?«

»Okay. Chase?«

»Ja, Fünkchen?«

»Ich bin froh, dass ich nicht die Einzige bin, die sich damals an jenem Abend bei der Schule so gefühlt hat. Als du deine Arme um mich gelegt hast, hatte ich endlich das Gefühl, in Sicherheit zu sein. Und selbst als Jonathan nicht gefunden werden konnte, wollte ich nirgendwo lieber sein als neben dir und deine Hand halten.«

Er erwiderte nichts darauf, sondern nahm sie einfach fester in den Arm.

»Chase?«

»Du sollst doch schlafen«, sagte er mit Belustigung in der Stimme.

»Ich freue mich, dass einer deiner Freunde die Mission überlebt hat.«

»Ich auch, Sadie. Ich auch.«

»Ich würde ihn gern eines Tages kennenlernen.«

»Das möchte ich auch. Und jetzt sei still.«

»Ja, Sir«, bemerkte sie frech.

Chase beugte sich zu ihr und küsste sie, dann waren sie beide ruhig.

Sadie schlief schließlich ein, das Pochen von Chases Herz und seine Worte noch im Ohr.

Ich möchte nicht, dass du nach Dallas zurückkehrst.

KAPITEL ELF

Sadie wurde etwas später von einem sehr lauten Krachen geweckt.

Sie hatte keine Ahnung, wie spät es war. Sofort alarmiert fühlte sie im Bett neben sich nach Chase, aber das Laken war kalt. Ohne nachzudenken, sprang sie aus dem Bett und lief los, um sich etwas überzuziehen. Sie zog das Armee-T-Shirt von Chase an, das sie zuvor getragen hatte, und eilte ins Badezimmer, um ihre Jeans zu holen. Sie zog sich schnell ihre Turnschuhe an und lief zur Tür.

Gerade als sie sie öffnete, erschütterte eine weitere Explosion das Haus.

Sie wurde nach hinten geschleudert und gegen die Wand quer durch den Raum geworfen, wobei sie sich den Kopf anschlug, bevor sie auf den Boden rutschte. Fassungslos saß sie einen Moment lang dort, bevor sie zur Schlafzimmertür zurückkroch und in den Flur hinausschaute. Es schwebte eine Menge Staub in der Luft, der sie zum Husten brachte, als sie nach rechts blickte.

Das Dach über der Treppe war eingestürzt und schnitt eine Etage des Hauses von der anderen ab.

»Chase?«, rief sie und hustete, als sie noch mehr Staub einatmete.

»Sadie? Bist du es?«, rief eine weibliche Stimme aus dem Flur direkt vor ihr.

Sie stand vorsichtig auf und war ein wenig unsicher auf den Füßen, nachdem sie von der Explosion zurückgeschleudert worden war. »Emily? Rayne?«, fragte Sadie.

»Ich bin es, Rayne. Geht es dir gut?«

»Ich glaube schon«, erklärte Sadie ihr.

Rayne kam schließlich in ihr Blickfeld. Sie kroch auf allen vieren den Flur entlang.

»Wo ist Emily?«

»Ich bin hier«, ertönte eine Stimme hinter Rayne.

Beide Frauen drehten sich um und sahen, wie Emily auf sie zu humpelte. »Hast du Annie?«

Sadie war erstaunt, dass beide Frauen angesichts der Tatsache, dass das Haus gerade von einer Bombe zerstört worden war, ziemlich ruhig blieben.

»Nein«, erklärte Rayne.

Wie auf Kommando drehten sich alle drei Frauen um und blickten zu Annies Schlafzimmertür, die sich am nächsten an der Treppe befand. Der Türrahmen war verzogen, die Tür selbst hing schief im Rahmen. Alle drei Frauen liefen gleichzeitig darauf zu.

Sadie half den anderen, die Trümmer aus dem Weg zu räumen, die die Schlafzimmertür blockierten.

»Annie?«, rief Emily.

»Mommy?«, rief das kleine Mädchen zurück.

Sadie zog noch verzweifelter an den Trümmern und Planken, die sie von Annie fernhielten. Sie klang verängstigt und das erinnerte Sadie zu sehr daran, wie sich die kleinen Mädchen in Bexar gefühlt haben mussten.

»Ich bin es, mein Schatz. Halte durch, ich komme«, erklärte Emily ihrer Tochter und man sah, wie sehr sie sich bemühte, die Fassung nicht zu verlieren.

Sie räumten so viele Trümmer zur Seite, dass ein kleines Loch in der Wand zum Vorschein kam, aber egal, was sie taten, sie konnten nicht noch mehr von den Trümmern entfernen. Emily legte sich vorsichtig auf den Boden und spähte durch das Loch. »Annie? Kannst du herkommen?«

»Ich kann nicht, Mommy«, jammerte Annie. »Mein Bein steckt unter irgendetwas fest.«

»Verdammt, warum kann Kassie jetzt nicht hier sein?«, murmelte Rayne. »Oder besser noch Bryn ... Fishs Frau. Sie sind beide kleiner als wir.«

»Ich passe durch«, erklärte Sadie, ohne zu zögern, und begann, durch das kleine Loch zu kriechen. Der einzige Gedanke in ihrem Kopf war, zu dem kleinen Mädchen zu gelangen und dafür zu sorgen, dass es in Sicherheit war. Und es zu trösten.

Sie hatte den schrecklichen Verdacht, dass das, was mit dem Haus geschehen war, bestimmt Jonathans Werk war.

Sie passte gerade so durchs Loch. Sadie fühlte, wie sich etwas in die Haut auf ihrem Rücken grub, als sie sich ihren Weg in Annies Zimmer bahnte, aber sie ignorierte es. Ein paar Kratzer und Blutergüsse würden bald wieder verschwinden.

Schließlich, gerade als sie dachte, dass sie vielleicht doch nicht hindurchpassen würde, schaffte sie es, ihre Hüfte durch das Loch zu ziehen, und war in Annies Zimmer.

Sadie kroch auf allen vieren auf das Bett zu, wo die Matratze schief aus dem Bett hing.

Das kleine Mädchen lag nicht auf der Matratze.

»Annie?«

»Hier!«

Als Sadie sich umdrehte, sah sie Annie auf der anderen Seite des Raumes. Was auch immer die Explosion verursacht hatte, hatte das Kind drei Meter vom Bett weggeschleudert.

Sadie kroch zu dem kleinen Mädchen hinüber und legte ihr die Hand auf die Stirn. Ihr Haar war durcheinander und ihr GI-Joe-Schlafanzug war schmutzig und teilweise zerrissen, aber Sadie sah keine größeren Wunden, zumindest keine blutenden.

»Wo tut es dir weh?«, wollte Sadie wissen.

»An meinem Bein.«

Sadie sah, dass einer der Wandbolzen quer über den Unterschenkeln des kleinen Mädchens lag und ihre Kommode darauf ruhte, sodass sie nicht wegkam.

»Wie geht es ihr?«, rief Emily durch das Loch bei der Tür. »Kannst du sie freibekommen?«

»Es geht ihr gut«, entgegnete Sadie. »Ich werde das Möbelstück von ihren Beinen nehmen, dann die Feuerleiter benutzen und sie durch das Fenster herausholen. Es ist größtenteils kaputt und es wird einfacher sein, sie so herauszubringen.«

»Wir gehen zurück in den Flur, wenn du es nach draußen geschafft hast, und sehen nach, ob wir nicht aus dem Fenster im Gästezimmer herausgelangen können«, erwiderte Rayne. »Wir treffen uns dann hinterm Haus, okay?«

Sadie versuchte, Annies Beine freizubekommen, und rief gleichzeitig: »Okay! Habt ihr irgendwas von den Männern gehört?«

Es entstand eine lange Pause, bevor Emily antwortete: »Nein. Ich habe Rayne gebeten, nach ihnen zu rufen. Aber bis jetzt haben sie noch nicht geantwortet.«

Sadie machte einen Moment lang vor Verzweiflung

die Augen zu. Falls sie verletzt sein sollten – oder sogar tot –, wäre es ihre Schuld.

Sie hätte sich nie von Chase dazu überreden lassen dürfen herzukommen. So wie Jonathan war. Er liebte es, Schmerzen zu bereiten. Das machte ihn an.

Eine leichte Berührung an ihrem Arm sorgte dafür, dass sie den Kopf wandte und in Annies blaue Augen schaute. »Meinem Daddy geht es gut. Er ist ein Held.«

Sie sprach die Worte mit solcher Überzeugung aus, dass Sadie ihr tatsächlich glaubte. Sie lächelte. Es war nur ein schwaches Lächeln, aber vor ein paar Minuten wäre sie dazu noch nicht in der Lage gewesen. »Was hältst du davon, wenn wir von hier verschwinden?«, fragte sie.

Annie nickte und blickte sich dann im Zimmer um. »Können wir meinen Spielzeugsoldaten mitnehmen? Ohne ihn kann ich nicht gehen.«

»Ich glaube nicht –«, begann Sadie, aber Annie unterbrach sie.

»Aber ich brauche ihn. Ich kann ihn nicht zurücklassen. Er ist in dem besonderen Koffer, den mein Freund mir gegeben hat. Bitte, Sadie, bitte!« Tränen strömten über Annies Wangen, während sie sie anflehte.

Zum ersten Mal hörte Sadie echte Panik in der Stimme des kleinen Mädchens. Nach allem, was sie von Chase über Annie gehört hatte, und nach dem, was sie am Abend zuvor gesehen hatte, wusste sie, dass sie keine Angst hatte. Sie war überhaupt kein weinerliches Kind. Sadie wusste also, dass die Puppe ihr wichtig war, weil sie sich so darüber aufregte.

»Okay, Annie, weine nicht. Wir finden ihn und nehmen ihn mit.«

Sadie drückte noch einmal gegen die unglaublich schwere Kommode und schließlich bewegte sich diese. »Rutsch nach hinten, Annie. Während ich das Ding hier halte, kann ich dir nicht helfen. Zieh deine Beine raus. Aber langsam, falls etwas gebrochen ist.«

Annie tat, wie geheißen, und zog ihren kleinen Körper unter den Trümmern hervor. Nachdem sie es geschafft hatte, ließ Sadie die zerschlagene Kommode fallen und ging direkt zu Annie. Mit den ihr bekannten Erste-Hilfe-Maßnahmen befühlte sie ihre Beine, um sich davon zu überzeugen, dass sie nicht gebrochen waren. Das kleine Mädchen zuckte ein paarmal zusammen, schrie aber nicht vor Schmerzen auf.

Sadie seufzte erleichtert und drehte den Kopf zur Tür. »Emily?«

»Ja, ich bin hier. Was ist los?«

»Gar nichts. Annie ist frei. Soweit ich sehen kann, ist nichts gebrochen. Geht schon mal vor, wir treffen uns draußen.«

»Gott sei Dank«, entgegnete Emily. »Rayne hat versucht, ein paar der Trümmer oben an der Treppe wegzuschaffen, um die Aufmerksamkeit der Männer zu erregen. Ghost hat sich schließlich gemeldet. Er sagt, es ginge ihnen gut. Annie?«

»Ja, Mommy?«, antwortete Annie, jetzt mit fester Stimme, da sie wusste, dass ihr heiß geliebtes Militärspielzeug nicht zurückgelassen werden würde.

»Geh mit Sadie nach draußen. Bleib bei ihr. Und ich meine direkt neben ihr, okay?«

»Das mache ich, Mommy. Geht es Daddy wirklich gut?«

»Natürlich geht es ihm gut. Wir sehen uns draußen.«

»Hast du Angst, Sadie?«, fragte Annie leise.

Sadie sah hinab zu dem kleinen Mädchen. Im Moment hörte sie sich an wie jemand, der doppelt so alt war.

»Ja, Schatz, ein bisschen.«

»Angst zu haben bedeutet, dass man dabei ist, etwas sehr Mutiges zu tun. Erinnerst du dich, Mommy? Das hast du zu mir gesagt, als wir in der Metallkiste waren.«

Sadie wusste nicht, wovon Annie sprach, doch ihr gefiel ihre optimistische Einstellung und wie sie versuchte, ihre Mutter zu trösten.

»Ich erinnere mich, Baby. Und jetzt mach schon. Geh mit Sadie nach draußen. Dein Vater und ich kommen nach, sobald wir können.«

»Ich liebe dich, Mommy.«

»Ich liebe dich auch.«

Annie ließ den Blick durchs Zimmer gleiten und zeigte dann auf die andere Ecke des Raumes. »Da ist er ja!«

Sadie drehte sich dorthin, wohin Annie zeigte, und sah eine Plastikpuppe von der Größe einer Barbie in einer Schutzhülle. Sie eilte hinüber und schnappte sie sich zusammen mit einem Paar Schuhe, das auf wundersame Weise noch genau dort stand, wo Annie es wahrscheinlich nach dem Ausziehen zurückgelassen hatte. Sie brachte sowohl die Schuhe als auch die Puppe zurück zu Annie.

Das kleine Mädchen umarmte ihre kostbare Puppe und strahlte Sadie an.

»Schnell, Annie, zieh deine Schuhe an und wir machen uns auf den Weg.«

Annie tat, wie geheißen, und zog ohne ein weiteres Wort ihre Turnschuhe an. Als sie fertig war, nahm sie ihren Spielzeugsoldaten und blickte zu Sadie hoch. »Ich bin jetzt bereit zu gehen«, erklärte sie.

»Probier mal, ob du stehen kannst. Und dann sehen wir weiter.«

Annie stand auf, wankte einen Moment und fand dann ihr Gleichgewicht wieder.

»Tut dir etwas weh?«, fragte Sadie.

»Mein Kopf ein bisschen und meine Beine, wo sie unter der Kommode festgesteckt haben. Aber ich bin okay.«

Sadie war ständig erstaunt über dieses Kind. Das

Mädchen hatte Angst, ließ es sich aber nicht anmerken.

Annie umklammerte mit einem Arm ihre Soldatenpuppe und nahm Sadies Hand. Sie gingen zu dem zerstörten Fenster hinüber. Sadie schlug das lose Glas mit einem Stück Holz vom Boden weg und spähte hinaus.

Es war dunkel und still. Fast gespenstisch. Die lauten Explosionen hätten die Nachbarn aufwecken sollen, auch wenn sie nicht gerade in der Nähe wohnten. Das nächste Haus war etwa eineinhalb Kilometer entfernt. Hoffentlich waren Polizei und Feuerwehr bereits verständigt worden.

Sadie zitterte. Plötzlich wollte sie das Haus nicht mehr verlassen. Sie wusste ohne Zweifel, dass Jonathan in der Dunkelheit auf der Lauer lag. Er wartete darauf, sie zu entführen. Er würde sie dorthin bringen, wo niemand sie jemals finden würde, und ihr schreckliche Dinge antun. Wahrscheinlich würde sie irgendwo in einem Käfig im Keller enden und ein Baby nach dem anderen bekommen, das er ihr wegnehmen würde, sobald sie aus ihr herausgekommen waren.

»Sadie?«, fragte Annie mit kleinlauter Stimme neben ihr. »Wollen wir nicht gehen? Ich würde gern gehen.«

»Doch, mein Schatz, wir gehen«, versicherte Sadie der Siebenjährigen. Sie ließ die Feuerleiter unter dem Fenster hinunter. »Warte hier, während ich rausklettere. Sobald ich mich davon überzeugt habe, dass es sicher ist, helfe ich dir raus.«

Vorsichtig trat Sadie über den Fenstersims und kletterte die Leiter hinunter. Als sie draußen war, sah sie sich noch einmal um. Von ihrem Standort aus in der Nähe der hinteren Veranda konnte sie nicht viel sehen, aber ein kurzer Blick um eine Ecke offenbarte orangefarbene Flammen, die sich um die Seite des Hauses zur Vorderseite wanden.

Sie hatte nicht bemerkt, dass es brannte. Sadie weigerte sich, in Panik zu geraten, und blendete alles andere aus, außer dafür zu sorgen, dass Annie in Sicherheit war, und rief nach dem kleinen Mädchen.

»Fang, Sadie!«, rief Annie von oben.

Zum Glück hatte Sadie aufgepasst, denn ohne weitere Warnung hatte Annie die Plastikhülle mit ihrer Armeepuppe darin fallen lassen. Sie fing sie auf und legte sie sofort auf den Boden. Sadie beschimpfte das Mädchen nicht für das, was es getan hatte. Je eher die Puppe in Sicherheit war, desto eher würde Annie folgen.

Und das tat sie. Innerhalb von Sekunden war Annie die Feuerleiter hinuntergeklettert und hatte sich in ihre Arme geworfen. Sadie hielt das kleine Mädchen fest an ihre Brust gedrückt und seufzte erleichtert auf. Unbeholfen, da sie Annie nicht absetzen wollte, beugte sie sich vor und griff nach der

Puppe. Annie hielt die Plastikhülle unter einem Arm, während der andere um Sadies Nacken lag.

Da Sadie nicht wusste, wohin sie gehen sollte, und noch kein Zeichen von Emily oder Rayne entdeckt hatte, wich sie vor der brennenden Seite des Hauses zurück. Als sie die gegenüberliegende hintere Ecke umrundet hatten, sah Sadie, dass die Garage intakt war. Ironie des Schicksals, wirklich. Sie und Chase waren im Haupthaus geblieben, um sicher zu sein. Obwohl ihr klar war, dass Jonathan genau gewusst haben musste, wo sie war. Wären sie und Chase in der Garage gewesen, würde diese jetzt brennen, daran hatte sie keinen Zweifel.

Sie stand mit Annie an der hinteren Ecke des Hauses und hielt Ausschau nach den Frauen, die sie eigentlich treffen sollte. Als die Sekunden verstrichen, fühlte Sadie sich so allein wie noch nie zuvor. Jonathan wollte nicht aufgeben. Er würde alles zerstören, jeden verletzen, den er verletzen musste, um sie in die Hände zu bekommen. Das bedrückende Gewicht der Gefahr, in der sie sich befand, und die Gefahr, in die sie alle um sich herum gebracht hatte, drohte ihr den Atem zu rauben.

»Schau mal, da kommt jemand«, sagte Annie und zeigte plötzlich in eine Richtung.

Sadie zwang sich zur Aufmerksamkeit und wandte sich der Stelle zu, auf die Annie gewiesen hatte. Tatsächlich waren da mehrere Scheinwerfer, die mit hoher Geschwindigkeit die lange Einfahrt auf sie zukamen. Sie schirmte ihre Augen vor den hellen Lichtern ab und als sie den Wagen gut sehen konnte, wollte Sadie sowohl lachen als auch weinen.

Sie hätte wissen müssen, dass ihr Onkel nicht bis zu einer normalen Zeit am Morgen warten würde, um aufzutauchen. Wahrscheinlich hatte er darüber nachgedacht zu warten, aber beschlossen, für alle Fälle noch heute Abend vorbeizukommen, und Ian konnte dann wie jeder normale Mensch am Morgen dazustoßen. Gott sei Dank hatte er sich entschieden, nicht zu warten.

Sadie hätte seinen Wagen überall erkannt. Er liebte den 1972er Scout. Er ähnelte einem Bronco, aber auf eine Retro-Art. Es war ein Hardtop-Cabriolet und Sadie wusste, dass Sean viel Zeit investierte, um ihn in Schuss zu halten.

Die Erleichterung, die sie beim Erscheinen ihres Onkels empfand, zwang sie fast in die Knie. Stattdessen lief sie mit Annie in seine Richtung, doch sie erreichte gerade die Vorderseite von Fletchs Haus, als es wieder laut knallte, was Annie überrascht aufschreien ließ.

Und Sadie sah entsetzt zu, wie ein Feuerball aus dem Wald jenseits der anderen Seite des Hauses direkt auf das Fahrzeug ihres Onkels zusteuerte.

Sie schrie: »Nein!«, als das Geschoss auf die Rückseite des Scouts einschlug.

Der Wagen überschlug sich mehrere Male und landete auf dem Dach neben der Garage. Sie sah, dass sich im Inneren etwas bewegte, und ihre Hoffnung wuchs, dass Sean vielleicht in Ordnung war, da das, was den Wagen getroffen hatte, nur das hintere Ende gestreift hatte.

»Oh mein Gott«, sagte Annie leise. »Wer ist das?«

Sadie wandte die Aufmerksamkeit von den Trümmern ab. Ihr Verstand kam bei den Geschehnissen nicht ganz mit. Sie schaute dorthin, wohin Annie zeigte, und keuchte. Ein Mann ging auf sie zu. Sie konnte im Licht, das vom Feuer im Haus kam, ein Grinsen auf seinem Gesicht erkennen.

Jonathan.

Sie hätte Angst haben müssen. Sie hätte ausflippen müssen. Aber plötzlich war Sadie einfach nur wütend. *Stinkwütend.* Wie konnte er es wagen, Fletchs Haus in die Luft zu jagen? Wie konnte er es wagen, ihren Onkel zu töten? Wie konnte er es wagen, Emily, Rayne und Annie Angst einzujagen? Er hatte kein Recht dazu. *Er hatte einfach nicht das Recht dazu.*

Schnell beugte sie sich vor und stellte Annie auf den Boden. Sie drehte das kleine Mädchen um und schob es in die entgegengesetzte Richtung, von wo aus Jonathan langsam und stetig auf sie zu schlenderte. Es war offensichtlich, dass er dachte, er hätte alle Zeit der Welt, um zu ihr zu gelangen. *Arschloch.*

»Lauf, Annie! Geh durch die Bäume zum Haus

eines Nachbarn. Egal was du hörst, hör nicht auf zu laufen, verstanden?«

Annie nickte sofort, machte auf dem Absatz kehrt und rannte in den Wald. Sie humpelte zwar ein bisschen, biss aber die Zähne zusammen und lief.

Ohne Jonathan noch einmal anzuschauen, eilte Sadie auf den Wagen ihres Onkels zu. Sie hatte nicht vor, sich gefügig entführen zu lassen. Nein. Sie hatte keine Ahnung, wo Chase war oder ob er verletzt war. Falls nicht, würde er alles in seiner Macht Stehende tun, um sie in Sicherheit zu bringen, das wusste sie zweifellos.

Aber zuerst musste sie sich selbst helfen ... und das bedeutete, ihren Onkel aus seinem Autowrack zu befreien.

KAPITEL ZWÖLF

Chase hustete und versuchte sein Bestes, um nicht ohnmächtig zu werden. Er hatte mit Ghost und Fletch im Wohnzimmer über den Plan für den Morgen gesprochen, wenn Sadies Onkel ankam, als die Welt um sie herum explodierte. In der einen Minute standen sie noch da und in der nächsten lag er auf dem Boden und versuchte, Luft zu bekommen.

Er setzte sich auf und war kurzzeitig verwirrt, fand aber schnell heraus, dass sie angegriffen worden waren, als er das Loch in der Seite des Hauses und Ghost und Fletch bewegungslos ihm gegenüber liegen sah.

Sein erster Gedanke galt Sadie, aber soweit er wusste, hatte das Geschoss, oder was immer es war das durch das Haus geflogen war, die Seite gegenüber den Schlafzimmern im Obergeschoss getroffen. Edrehte den Kopf, um zur Treppe zu blicken, und keuchte vor Entsetzen, als er sah, dass sie von einem Trümmerhaufen abgeschnitten war.

Fletch begann zu stöhnen und Chase wandte die Aufmerksamkeit von der blockierten Treppe zu seinen Freunden. Er kroch zu Fletch hinüber und zuckte bei jeder Bewegung zusammen. Seine Seite schmerzte, schlimm, aber er ignorierte es für den Moment.

»Fletch, wach auf, Mann.«

Fletch machte die Augen auf und schloss sie dann wieder. Chase sah, dass ihm ein langes Stück Holz aus der Seite ragte. Er blutete stark. Er fluchte und sah hinüber zu Ghost. Der andere Mann hatte sich jetzt aufgesetzt und schüttelte den Kopf in dem Versuch, die Orientierung wiederzuerlangen.

»Ghost, Fletch ist verletzt«, erklärte Chase ihm. »Ich brauche deine Hilfe.«

Als hätten diese Worte einen Schalter bei ihm umgelegt, wandte Ghost den Kopf um und kam sofort hinüber zu Chase, der über Fletch kniete. »Verdammt. Das sieht nicht gut aus.«

»Ich weiß, aber wir müssen das irgendwie rausbekommen.«

»Verdammt.« Ghost sah sich um, als würde er nach etwas suchen. »Es wäre besser, wenn wir es lassen, wo es ist, aber so wie es aussieht, haben wir keine Wahl. Wir müssen die Blutung stillen.«

»Genau, das habe ich mir auch gedacht«, stimmte

Chase ihm zu. »Wenn die Wunde nicht zu sehr bluten würde, könnten wir es drinnen lassen, aber wenn wir die Blutung nicht stillen, wird er verbluten, bevor Hilfe eintrifft.«

Ghost nickte grimmig und zog schnell sein T-Shirt aus.

Chase griff nach dem Stück Holz. »Ich ziehe und du machst dich bereit, Druck auszuüben. Bereit? Eins, zwei, *drei*!« Bei der letzten Zahl zog Chase und das Stück Holz kam problemlos aus Fletchs Seite. Er stöhnte, öffnete aber nicht die Augen.

Ghost war da und übte sofort Druck auf die Wunde in der Seite seines Teamkollegen aus. Er benutzte sein T-Shirt, um das Blut zu stoppen, lehnte sich auf die Wunde und sagte dann an Chase gewandt: »Was ist mit den Frauen?«

»Da bin ich mir nicht sicher. Die Treppe ist blockiert, aber so wie es aussieht, hat dieses Zimmer den Hauptteil abbekommen.«

Ghost wandte sich um, um zur Treppe zu sehen. »Verdammt. Jonathan?«

»Davon gehe ich aus«, stimmte Chase ihm zu.

»*Verdammt*«, wiederholte Ghost.

»Ich vermute, dass er versucht, uns dazu zu bringen, das Haus zu verlassen. Dass er uns von der Frauen abgeschnitten hat, war nur ein Bonus. Er wird nicht versuchen, uns Auge in Auge gegenüberzutreten. Er ist völlig zufrieden damit, aus der Entfernung zu arbeiten und uns zu schnappen, wenn er die Gelegenheit dazu hat.«

»Ghost?«, kam Raynes gedämpfte Stimme von der anderen Seite der blockierten Treppe.

»Ja, Schatz, ich bin hier«, rief Ghost laut.

»Geht es dir gut?«

»Wie geht es dir? Und den anderen?«

Chase bemerkte, dass er Rayne nichts von Fletch erzählte.

»Es geht uns gut. Wir können nicht in Annies Zimmer kommen, aber Sadie hat sich irgendwie hineingewunden, und zwar durch ein winziges Loch. Ich rieche Rauch ... Ist dort unten ein Feuer?«

Chase sah sich um und stellte fest, dass es tatsächlich brannte. Er hustete.

»Ja, aber es geht uns gut. Wir gehen jetzt raus.«

»Ghost?«, fragte Rayne. »Wo ist Fletch?«

»Er ist hier«, erklärte Ghost. Dann fügte er hinzu: »Er ist verletzt, Rayne, aber er kommt wieder in Ordnung. Chase und ich kümmern uns um ihn. Hörst du mich? Er lebt. Ihr müsst einfach nur schauen, dass ihr aus dem Haus kommt. Aber bleibt zusammen. Ihr solltet euch unter keinen Umständen trennen.«

»Wir kommen nicht an Annie heran! Sadie hat gesagt, sie würde sie aus dem Fenster ihres Zimmers herausschaffen.«

Chase fluchte leise. Er und Ghost blickten hinab zu Fletch. Sie mussten ihn zusammen tragen, um ihn aus dem Haus zu schaffen. Ghost konnte seine Hände nicht von der Wunde nehmen, und er konnte ihn nicht alleine tragen und gleichzeitig Druck ausüben.

Ghost kam offensichtlich zu dem gleichen Schluss, denn er sagte zu Rayne: »Seht zu, dass ihr aus dem Haus kommt. Findet Sadie und bleibt bei ihr. Das Ganze war kein Unfall. Hast du mich verstanden?«

»Oh Gott. Ja, Ghost, ich habe dich verstanden.«

Er und Ghost hörten, wie Rayne nach Emily rief, als sie sich von der blockierten Treppe abwandte. »Komm schon, Em. Wir müssen von hier verschwinden. Sadie wartet auf uns. Ich bin mir sicher, dass es Annie gut geht. Wahrscheinlich findet sie das Ganze ziemlich aufregend und hat kein bisschen Angst. Jetzt komm schon.« Ihre Stimme zitterte ein bisschen, aber sie tat, was Ghost ihr aufgetragen hatte.

Chase sah Ghost an. Sie mussten beide husten, als der Raum sich weiter mit Rauch füllte. Die Flammen schlugen jetzt höher. Sie hatten keine Wahl mehr; sie konnten nicht mehr hierbleiben, egal wie gefährlich es auch sein mochte, Fletch zu bewegen. Egal was sie taten, sie konnten nicht gewinnen. Aber das Feuer würde sie alle töten, wenn sie nicht rechtzeitig aus dem Haus kamen.

»Ich sehe mal nach, wie wir hier rauskommen«, erklärte Chase Ghost.

Dieser nickte.

Chase erhob sich auf wackeligen Beinen und legte

sich eine Hand auf die Seite, als er aufstand. Es tat verdammt weh. Er blickte auf seine Hand hinunter und sah, dass sie mit Blut verschmiert war. Es war nicht so schlimm wie die Wunde von Fletch, aber er war offensichtlich von herumfliegenden Trümmern getroffen worden.

Der einfachste Ausweg wäre durch das Loch in der Wand gewesen, das entstanden war, als das Geschoss in das Haus eingedrungen war, aber das Feuer blockierte diesen Ausgang. Er wollte die Eingangstür nicht benutzen, da sie viel zu ungeschützt wären. So blieb nur die Hintertür, die in den Garten und auf den Verandabereich führte.

Chase schaute durch den Vorhang und versuchte, die Gefahr einzuschätzen. Er konnte nicht viel sehen, da es immer noch dunkel war, aber es schien nichts zu sein, was die Tür blockierte und ihren Ausgang verhinderte. Sie konnten Fletch heraus und in das hohe Gras um den Garten herum bringen. Dann konnte er gehen und Sadie und die anderen suchen.

Er machte sich auf den Weg zurück zu Fletch und Ghost und hustete die ganze Zeit über. Der Rauch wurde immer dichter und Chase wusste, dass sie schon bald nichts mehr sehen würden. Er deutete auf die Hintertür und Ghost nickte. Chase ergriff Fletchs Arm auf der unverletzten Seite und hob die Augenbrauen zu Ghost und fragte ihn, ob er bereit wäre.

Als Ghost nickte, setzte Chase seine ganze Kraft

ein, um Fletch an seinem Arm über den Boden zu ziehen. Ghost blieb direkt an ihrer Seite, auf den Knien, und drückte auf Fletchs Wunde, als sie sich auf den Weg zum Ausgang machten.

Der Kraftaufwand, den bewusstlosen Mann zu ziehen, war enorm, und Chase spürte, wie Blut von seiner Seite tropfte. Aber er wollte nicht aufgeben. Fletch hatte ihm erlaubt, in seinem Haus zu bleiben, und jetzt war es von genau der Person zerstört worden, vor der sie sich versteckt hatten.

Er gelobte auf der Stelle, dafür zu sorgen, dass der Mann jeden Cent, den er für den Wiederaufbau seines Hauses brauchen würde, zurückerhalten würde. Das FBI würde ganz sicher mithelfen, wenn nicht sogar für alles bezahlen. Sie versuchten verzweifelt, Jonathan zu finden, fast so verzweifelt wie Chase. Die im Geheimtunnel der Schule versteckten Waffen hatten die Suche nach Jonathan zu einer Priorität gemacht ... und es sah so aus, als hätten sie einen Grund gehabt, sich Sorgen zu machen. Offensichtlich hatte er nicht alle Waffen zurückgelassen, als er untergetaucht war. Chase würde alle Fäden ziehen, um eine Entschädigung für Fletch zu erhalten.

Sie erreichten die Hintertür und Chase überprüfte sie noch einmal. Er bemerkte nichts. Er zog die Tür auf und lauschte. Er hörte nur das Knistern der Flammen. Er nickte Ghost noch einmal zu und sie arbeiteten zusammen, um Fletch nach draußen und über den Hof zu bringen. Den Mann durch das Gras zu ziehen war viel schwieriger als über die Holzböden in seinem Haus, aber Chase riss sich zusammen und es gelang ihm.

Er zog seinen Freund in das hohe Gras und keuchte, als sie schließlich anhielten.

»Jemand muss die Explosion doch gehört und die Polizei gerufen haben. Ich ziehe los, suche die Frauen und bringe sie her«, erklärte Chase Ghost.

Und dann ertönte eine weitere laute Explosion von der Vorderseite des Hauses.

Beide Männer wandten gleichzeitig den Kopf, obwohl sie hinter dem Haus natürlich nichts sehen konnten.

Ghost entdeckte etwas hinter Chase und rief: »Was zum Teufel?«

Chase drehte sich rechtzeitig um, um zu sehen, wie eine kleine Gestalt vom Haus weg und in den Wald lief, als wären die Höllenhunde hinter ihr her. Sie humpelte, aber sie rannte und es war offensichtlich, dass Annie ein Ziel vor Augen hatte.

»Verdammt«, sagte Chase und wollte dem Mädchen etwas zurufen, aber gleichzeitig nicht riskieren preiszugeben, wo sie sich aufhielten. Fletch war noch immer angeschlagen und Ghost war wirklich nicht dazu in der Lage, gegen jemanden zu kämpfen ... nicht, wenn er buchstäblich Fletchs Leben in den Händen hielt. Ihnen waren die Hände gebunden und

Chase war der Einzige, der sich momentan frei bewegen konnte.

»Geh schon«, befahl Ghost. »Verdammt, *geh*!«

Chase blieb nicht, um das Thema zu erörtern. Er duckte sich, um nicht gesehen zu werden, und machte sich auf den Weg zur Seite des Hauses. Fast wäre er Rayne und Emily direkt in die Arme gelaufen. Er packte Rayne bei den Schultern, damit er nicht umfiel. »Ghost und Fletch sind hinter dem Haus im hohen Gras. Geht dorthin.«

»Aber du blutest«, erklärte Rayne mit großen Augen. »Bruderherz, du musst mit uns mitkommen.« Sie zog an seinem Ärmel und ließ ihn nicht los. Sie sah ihn mit einem solch besorgten und ängstlichen Blick an, dass er sie am liebsten in den Arm genommen und ihr gesagt hätte, dass alles in Ordnung ist. Aber dazu hatte er nicht die Zeit.

»Was ist mit Annie? Ist sie bei ihnen?«, wollte Emily dringend wissen.

»Nein, aber es geht ihr gut. Ich habe sie selbst gesehen. Sie ist zum Haus des Nachbarn unterwegs. Geht jetzt. *Bitte*.«

Ohne ein Wort zu sagen, lief Emily quer durch den Garten in die Richtung, in die das kleine Mädchen verschwunden war.

Chase starrte seine Schwester an. Ihre Augen waren weit aufgerissen und sie hatte Schmutz auf der

Stirn. »Geh schon, Schwesterherz. Ich hab das hier im Griff.«

Sie atmete tief durch und nickte dann. »Na gut, aber wenn du stirbst, werde ich dir das nie verzeihen.« Und damit drehte sie sich um und floh über den Hof dorthin, wo er Ghost und Fletch zurückgelassen hatte.

Chase wollte über die Worte seiner Schwester lächeln, konnte es aber nicht. Seine Seite schmerzte wie verrückt, ihm wurde vom Blutverlust schwindelig und die Frau, die er liebte, war in Gefahr. Das war ihm genauso klar wie sein eigener Name.

Er spähte um die Ecke des Hauses und war schon unterwegs, bevor sein Gehirn seinen Füßen gesagt hatte, sie sollten sich bewegen.

Sadie kniete neben einem Fahrzeug vor der Garage. Es lag auf dem Dach und am hinteren Ende traten Flammen aus dem Wagen. Sie zerrte jemandem am Arm und versuchte, ihn aus den Trümmern herauszuziehen.

Aber das war es nicht, was ihn veranlasste, ihr so schnell hinterherzulaufen, wie er konnte. Es war der Mann, der hinter ihr herlief. Jonathan.

Chase hatte die ganze Zeit gewusst, dass Jonathan hinter all dem gesteckt hatte, aber als er ihn dort sah, wie er auf die Frau zuging, die er liebte, als müsste er sich um nichts in der Welt sorgen, legte es in Chase einen Schalter um. Nachdem er gehört hatte, was der Mann Sadie bereits angetan hatte, konnte er nicht zulassen, dass er sie noch einmal in die Hände bekam. Das kam überhaupt nicht infrage.

Als er nahe genug herangekommen war, konnte Chase hören, wie Sadie sagte: »Onkel Sean, geht es dir gut?«, während sie an seinem Arm zerrte und versuchte, ihn aus den Trümmern des Wagens zu ziehen. Er war bei Bewusstsein und ein Strom von Schimpfwörtern kam aus seinem Mund, der sogar Chase beeindruckt hätte, wenn er sich nicht zu sehr auf Jonathan konzentriert hätte.

»Sadie, pass auf!«, rief Sean, aber es war zu spät.

Jonathan trat hinter sie und zog sie mit Leichtigkeit vom Wagen und ihrem Onkel weg.

Ohne nachzudenken, wurde Chase nicht einmal langsamer. Niemand hatte ihn bisher gesehen, und das nutzte er zu seinem Vorteil. Er prallte Jonathan direkt in die Seite.

Alle drei flogen, und Chase tat sein Bestes, um nicht auf Sadie zu fallen.

Sie landeten mit dumpfem Pochen im Dreck und Chase wurde kurzzeitig schwarz vor Augen, als er direkt auf seiner verletzten Seite landete. Sein Zögern, als sie stürzten, reichte aus, damit Jonathan die Oberhand gewann.

Er rollte auf Chase und setzte sich auf ihn. Dann legte er beide Hände an seine Kehle und drückte zu.

»Sie gehört *mir*«, zischte Jonathan. »Du kannst sie nicht haben!«

Chase versuchte, nach Luft zu schnappen, aber er bekam keine. Die Hände drückten ihm die Kehle zu. Er buckelte unter dem anderen Mann, aber nichts, was er tat, machte einen Unterschied. Seine Seite tat nicht mehr weh, er fühlte überhaupt nichts mehr. Das Bedürfnis nach Sauerstoff setzte alles außer Kraft, abgesehen von dem Anblick der Frau, die er mehr liebte als das Leben selbst.

Er sah, wie sie versuchte, hinter Jonathan aufzustehen.

Da er sich weigerte, in die blauen, von Hass erfüllten Augen über ihm zu schauen, behielt er Sadie im Blick. Sie sah aus wie eine Walküre. Ihr rotes Haar wirbelte um ihren Kopf, als hätte es einen eigenen Willen. Ihre haselnussbraunen Augen sprühten vor Entschlossenheit. Er verlor sie für einen Moment aus den Augen, aber als er anfing, in Panik zu geraten, tauchte sie wieder auf.

Chase beobachtete mit großen Augen, wie sie etwas über ihren Kopf hob.

Sie ließ es auf Jonathans Rücken niedersausen und sofort ließ er Chase los.

Chase rollte sich zur Seite, weg von dem Mann, der ihn töten wollte, und zwang seine Glieder, sich zu bewegen. Etwas zu tun, um Sadie zu beschützen ...

Aber er brauchte sich keine Sorgen zu machen. Sean Taggart erhob sich neben seiner Nichte aus dem Autowrack. Er nahm den, wie Chase jetzt sehen konnte, Wagenheber von Sadie, und als Jonathan aufzustehen begann, schwang Sean die Eisenstange wie einen Baseballschläger.

Jonathans Kopf explodierte buchstäblich durch den Aufprall.

Einige Sekunden lang sagte niemand ein Wort. Dann rief Sadie: »Chase!«

Chases Kopf fiel wieder auf den Boden, und er starrte in den klaren Nachthimmel und versuchte, zu Atem zu kommen. Aus irgendeinem Grund konnte er nicht atmen. Obwohl Jonathan seine Kehle nicht mehr im Griff hatte, bekam er keine Luft mehr in seine Lunge.

Sadies Gesicht erschien über seinem, ihr rotes Haar strich über seine Wange. »Chase?«

»Ich liebe dich«, keuchte Chase. Das war das Einzige, was ihm einfiel. Er hatte es ihr zuvor noch nicht gesagt, aber jetzt, da er auf dem Boden lag, war er sich ganz sicher.

»Oh mein Gott, Chase«, wiederholte Sadie. Sie legte eine Hand an seine Wange und Chase versuchte, sie anzulächeln. Er liebte es, wenn sie ihn berührte. Er machte die Augen zu.

»Nein, Chase! Mach deine Augen nicht zu!«, sagte Sadie verzweifelt.

Er öffnete die Augen und sah den panischen Blick der Frau, die er liebte. »Sag du es auch«, forderte er sie auf.

Sie schüttelte den Kopf. »Nein. Nicht jetzt. Wenn es dir besser geht. Wenn du hören willst, wie ich es sage, musst du durchhalten.«

Chase runzelte die Stirn. Er wollte die Worte aus ihrem Mund hören. Er wusste, dass er im Sterben lag. Er konnte nicht atmen und irgendetwas stimmte ganz und gar nicht mit seiner Seite. Er hatte keinen Blick darauf werfen können, wusste aber, dass es schlimm war. »Bitte«, keuchte er atemlos.

Tränen strömten über Sadies Wangen, aber sie schüttelte trotzig den Kopf. »*Nein*. Du kämpfst jetzt darum, bei mir zu bleiben, und dann werde ich dir die Worte jeden einzelnen Tag für den Rest unseres Lebens sagen.«

Chase hörte ein Geräusch an seiner Seite, ließ Sadie aber nicht aus den Augen. Alles verblasste, dennoch konnte er seinen Blick nicht von ihrem abwenden. Ihre Augen sahen noch schöner aus, hervorgehoben durch ihre Tränen. »Jonathan wird dir nie wieder wehtun.«

»Ich weiß, du hast mich gerettet«, sagte Sadie.

Sie bewegte sich von seiner Seite zu seinem Kopf und er wölbte den Hals, um sie nicht aus den Augen zu lassen. Er hörte vage, wie Leute über ihn redeten, verstand aber nicht, was sie sagten. Jemand zog an seinem Hemd, aber wieder war sein ganzes Augenmerk auf Sadie gerichtet.

»Ich liebe dich«, wiederholte er krächzend. »Ich

würde alles dafür tun, um dich in Sicherheit zu wissen.«

»Dann kämpfe für mich«, lautete ihre Antwort. »Gib nicht auf.«

Chase öffnete den Mund, um zu antworten, aber die Dunkelheit, die sich von den Seiten seines Blickfeldes heranschlich, war zu viel, um dagegen anzukämpfen. Das Letzte, woran er sich erinnerte, als die Schwärze ihn überkam, war das Geräusch von Sirenen in der Ferne.

Er entspannte sich. Die Kavallerie war im Anmarsch. Sadie wäre endlich in Sicherheit.

Später – er wusste nicht, wie viel Zeit vergangen war – öffnete Chase die Augen einen Spaltbreit. Alles tat ihm weh, er konnte sich nicht bewegen und er war total verwirrt. Doch in dem Moment, da er die Augen öffnete, kam bereits Sadies Gesicht in sein Blickfeld.

»Chase?«

Er öffnete den Mund, doch kein Laut kam heraus. Er war zu trocken und er hatte kein bisschen Speichel im Mund.

»Ich liebe dich.«

Sadies Worte trafen ihn direkt in die Seele.

»Hörst du mich, Chase? Ich liebe dich. Du hast deine Seite der Abmachung eingehalten. Während de

Operation ist dein Herz zweimal stehen geblieben, aber du hast nicht aufgegeben. Ich liebe dich. Und ich glaube, dass ich das schon tue, seit ich damals in Bexar in dich hineingelaufen bin.«

Chase starrte in die haselnussbraunen Augen, die er mehr als alles andere auf dieser Welt liebte. Er öffnete noch einmal den Mund und versuchte, Sadie zu sagen, sie wäre sein Lebensinhalt. Dass er selbst gegen den Teufel kämpfen würde, um zu ihr zurückzukommen, aber bevor er auch nur krächzen konnte, legte sie ihre Lippen auf seine.

Es war ein kurzer Kuss. Trocken. Nur eine Berührung ihrer Lippen mit seinen. Aber es war der beste Kuss, den er je in seinem Leben bekommen hatte.

Sie zog sich zurück und legte ihre Handfläche auf seine Brust. »Schlaf jetzt, Chase. Ich werde hier sein, wenn du aufwachst. Ich liebe dich.«

Er machte die Augen zu und mit ihren Worten, die in seinem Geist widerhallten, tat er, wie geheißen, und schlief.

Chase lehnte sich schwer an die Wand und beobachtete Sadie einfach nur. Sie war in seiner Küche und räumte das Geschirr weg. Sie hatte alles übernommen, als hätte sie schon immer dort gelebt. Sie war ein Geschenk des Himmels, denn sie half nicht nur mit, sich um ihn zu kümmern, nachdem er aus dem Krankenhaus entlassen worden war, sondern kümmerte sich auch um die alltäglichen Dinge, die er wegen seiner Verletzung nicht erledigen konnte.

Er hatte alles verpasst, was passiert war, nachdem er auf dem Boden vor Fletchs Haus ohnmächtig geworden war.

Die Polizisten, Feuerwehrleute und Rettungssanitäter waren in Scharen erschienen. Sie hatten das Feuer ziemlich schnell gelöscht und überraschenderweise war das Haus kein Totalschaden. Es würde viel

Arbeit erfordern, es wieder bewohnbar zu machen, aber vieles davon konnte gerettet werden.

Annie und Emily waren fast eineinhalb Kilometer zum Nachbarhaus gelaufen, wobei Annie ihren Armeemann den ganzen Weg getragen hatte, und bestanden dann darauf, dass die Nachbarn sie sofort zurückbrachten, nachdem sie Hilfe gerufen hatten.

Fletch war operiert worden und befand sich gerade auf dem Weg der Genesung, genau wie Chase. Fletchs Leber war von dem Holzstück verletzt worden, und wenn Ghost nicht ständig Druck ausgeübt hätte, wäre er da draußen im Gras gestorben.

Sean Taggart hatte durch den Aufprall auf das Lenkrad einen ziemlich heftigen Schlag auf den Kopf erlitten, aber wenn man berücksichtigte, dass sein alter Wagen keine Airbags hatte, war er in bemerkenswert guter Verfassung. Der Scout war verdammt robust und der Rahmen hatte unter den gegebenen Umständen bemerkenswert gut gehalten. Doch obwohl das Fahrzeug gut genug zusammengehalten hatte, um Seans Leben zu retten, war der Oldtimer leider Schrott.

Ian hätte mit Sean ankommen sollen, war aber aufgehalten worden, weil er in eine Situation mit einem der Leibwächter von McKay-Taggart verwickelt war. Das hatte sich letztlich als eine gute Sache herausgestellt, denn die Beifahrerseite von Seans Scout hatte die Hauptlast des Schadens durch das Geschoss abbekommen.

Jonathan war auf jeden Fall tot. Das FBI war nicht glücklich darüber, da sie ihn verhören wollten, aber Sean hatte nicht gezögert, das zu tun, was getan werden musste, um dafür zu sorgen, dass seine Nichte vor jeder künftigen Bedrohung sicher war.

Jonathans Handlungsweise war nicht gerade eine Überraschung, aber jeder fragte sich immer noch warum. Chase dachte, er hätte es verstanden, nachdem er mit Sadie gesprochen hatte, aber es war nicht an ihm, diese Geschichte zu erzählen.

Jonathan hatte bei seiner letzten Flucht aus Bexar einige raketengetriebene Granaten mitgenommen. Er hatte eine davon in Fletchs Haus geschossen, eine zweite nur Augenblicke später, während Chase und die anderen Männer ohnmächtig waren, was der Treffer gewesen war, der sie von den Frauen getrennt hatte. Er hatte eine dritte auf Seans Wagen abgefeuert – und niemand zweifelte daran, dass der Mann bei Bedarf auch die vierte Granate verwendet hätte, die die Polizei in den Bäumen in der Nähe von Fletchs Haus gefunden hatte.

Natürlich versuchte die Regierung nun herauszufinden, woher Jonathans Vater, Jeremiah Jones, die Waffen überhaupt bekommen hatte. Niemand wollte diese Art von Feuerkraft auf den Straßen haben.

Was Sadie betraf ... sie war nicht von seiner Seite

gewichen, seit er fast auf dem Operationstisch gestorben war.

Chase war von einem Nagel getroffen worden. Es war ein verrückter Unfall. Das Metallstückchen hatte sich in seinen Körper eingebettet und er hatte es nicht einmal gemerkt. Die Ärzte hatten gesagt, es wäre anfänglich nicht so schlimm gewesen, aber bei der Anstrengung, die er unternommen hatte, um Fletch zu bewegen und dann Jonathan zu attackieren, hatte es sich in seinem Bauch bewegt und dabei seinen Dickdarm, seine Niere und seine Blase zerrissen. Er wäre fast gestorben, sowohl an inneren Blutungen als auch an den Giftstoffen in seinem Körper, die ihn kontaminiert hatten.

Rayne war fast genauso viel an seiner Seite gewesen wie Sadie, und er hatte sie schließlich aus seinem Zimmer werfen müssen. Als sie sich weigerte zu gehen, hatte er Ghost auf sie gehetzt. Es gefiel ihm, dass seine Schwester sich Sorgen um ihn machte, aber er würde wieder gesund werden.

Sean Taggart war eine Woche lang geblieben und seine Frau Grace hatte sich ihm angeschlossen. Sie wollten sich davon überzeugen, dass es ihrer Nichte nach allem, was passiert war, gut ging. Chase schuldete beiden eigentlich großen Dank. Sean hatte Sadie geholfen, die große Wohnung in der Nähe des Armeestützpunktes zu mieten – und all seine Habseligkeiten aus seiner alten Wohnung in die neue zu bringen, bevor er aus dem Krankenhaus entlassen wurde.

Es war eine Erdgeschosswohnung, sodass er keine Treppen steigen musste.

Er und Sean hatten sich eines Abends lange unterhalten. Der ältere Mann hatte wissen wollen, welche Absichten er gegenüber seiner Nichte hegte. Chase hatte kein Problem damit, dem berüchtigten Mann in die Augen zu sehen und ihm zu sagen, wie sehr er Sadie liebte und dass er sie heiraten wollte.

Als Chase an die Wand gelehnt dastand und Sadie in ihrer Küche herumtobte, schloss er aus Dankbarkeit für alles, was er hatte, kurz die Augen. Er würde gesund werden und bald wieder zu seiner Einheit zurückkehren können. Sadie wohnte bei ihm und sie teilten sich jeden Abend ein Bett. Sie hatte offiziell ihren Job bei McKay-Taggart in Dallas gekündigt und suchte derzeit nach einer neuen Anstellung in der Gegend von Fort Hood.

»Chase?«, sagte sie mit leiser Stimme.

Als er die Augen wieder öffnete, stand sie neben ihm und hatte ihm eine Hand auf den Bizeps gelegt.

»Es geht mir gut«, versicherte er ihr.

»Bist du dir auch ganz sicher?«

»Das bin ich. Aber es gibt da etwas, das ich dir sagen muss.«

»Und das wäre?«

Chase gefiel es gar nicht, dass Sadie daraufhin so

verunsichert aussah, also sprach er schnell weiter: »Ich hatte unrecht.«

Sie runzelte die Stirn. »Womit?«

»Über Frauen im Kampfeinsatz. Du hattest recht. Frauen sind genauso gut wie Männer. Ich war einfach nur trotzig und sexistisch. Wenn du nicht da gewesen wärst ...« Er beendete den Satz nicht, weil er gegen seine Gefühle ankämpfen musste.

Sadie ritt nicht darauf herum und sagte nicht einmal: »Das habe ich dir doch gleich gesagt.« Stattdessen drückte sie einfach nur seinen Arm.

Chase räusperte sich und sprach dann weiter: »Ich glaube, der Umstand, dass Rayne in diesen Staatsstreich in Ägypten verwickelt war, hat mich verrückt gemacht. Ganz abgesehen von der Tatsache, dass ich viel Zeit mit den Delta Teams verbracht habe. Ich verspreche dir, dass ich mir mehr Mühe geben werde, nicht gleich sexistische Schlussfolgerungen zu treffen.«

»Vielen Dank. Ich befand mich in der einzigartigen Position, alle Einsatzkräfte der McKay-Taggart Gruppe in Aktion zu sehen ... Männer *und* Frauen. Und ich habe gesehen, wozu sie fähig sind, und aus erster Hand erfahren, was sie alles können.«

»Glaubst du, Ian würde mich mit sich und seinen Einsatzkräften ab und zu trainieren lassen, wenn ich ihn lieb frage?«, wollte Chase wissen.

»Meinst du das ernst?«, entgegnete Sadie.

»Selbstverständlich.«

»Ich glaube, dass ihnen das total gut gefallen würde. Dann hätten sie endlich die Chance, dir in den Hintern zu treten.«

Chase lächelte Sadie an. Nun, da er sich das von der Seele geredet hatte, fühlte er sich viel besser, aber es gab noch etwas, das er sie fragen wollte. Er hatte beschlossen, auf einen geeigneteren Zeitpunkt zu warten, doch nun hielt er es keine Sekunde länger aus.

»Ich war so wütend auf dich, als du dich geweigert hast, mir zu sagen, dass du mich liebst. Mir war klar, dass ich wahrscheinlich im Sterben lag, und ich konnte nicht glauben, dass du mir diesen letzten Wunsch verwehrt hast.« Chase gefiel es nicht, dass seine Augen sich mit Tränen füllten, aber er sprach trotzdem weiter. »Ich habe das noch niemandem erzählt, aber ich hatte einen Traum, als ich auf dem Operationstisch lag. Ich weiß nicht, ob das überhaupt das richtige Wort ist, aber was soll's. Jedenfalls befand ich mich in einem Sonnenblumenfeld. Die Pflanzen überragten mich und ich konnte nichts sehen. Ich rief ständig nach dir, aber du hast nicht geantwortet. Ich dachte, Jonathan hätte dich erwischt. Dass ich dich nicht beschützt hätte.

Dann hörte ich dich. Deine Stimme war schwach, aber du batest mich immer wieder, zu dir zurückzukommen, denn du wolltest mir etwas sagen. Ich schrie und schrie, dass ich da war. Dass ich kommen würde, aber du konntest mich nicht hören. Ich ging auf deine

Stimme zu, entschlossen, zu dir zu gelangen. Die Sonnenblumen verwandelten sich in Hände, die nach mir griffen und versuchten, mich von dir fernzuhalten, aber ich weigerte mich, mich von ihnen zurückhalten zu lassen. Ich dachte nur noch daran, zu dir zu gelangen, damit du mir sagen konntest, was immer du mir zu sagen hattest. Als Nächstes erinnere ich mich daran, dass ich aufwachte und du über mir standest.

Du hattest recht, Fünkchen. Du hattest recht damit, es mir nicht zu sagen. Mich warten zu lassen. Ich sage nicht, dass ich nicht dafür gekämpft hätte, zu dir zurückzukommen, wenn du es vorher gesagt hättest, ich glaube wirklich, dass ich es getan hätte, aber es hat geholfen. Es gab mir etwas anderes, wofür ich kämpfen konnte. Ich liebe dich. Ich gebe zu, dass ich die Besessenheit meiner Schwester für Ghost nicht verstanden habe, aber ich verstehe sie jetzt. Ich würde alles für dich tun. Ich *werde* alles für dich tun.«

Chase versuchte, die Tränen nicht zu beachten, die über Sadies Wangen liefen, als er sich vorsichtig vor sie hinkniete.

Sie keuchte. »Steh auf, Chase. Du bist immer noch nicht ganz gesund.«

Anscheinend hatte sie immer noch nicht verstanden, was er vorhatte. »Ich liebe dich, Sadie Jennings. Von ganzem Herzen. Und ich will den Rest meines Lebens mit dir verbringen. Ich will dich an meiner Seite wissen und eine Familie mit dir gründen. Ich will mit dir alt werden und gemeinsam in Schaukelstühlen sitzen, während wir unseren Enkelkindern beim Spielen zusehen. Ich werde so lange wie möglich bei der Armee bleiben. Ich liebe es einfach. Aber ich schwöre dir hier und jetzt, dass ich immer für dich da sein werde, wenn du mich brauchst, egal worum es geht. Es ist nicht leicht, die Frau eines Soldaten zu sein, aber du bist die stärkste Frau, die ich jemals kennengelernt habe. Ich würde mich geehrt fühlen und wäre dir unglaublich dankbar, wenn du zustimmen würdest, den Rest deines Lebens mit mir zu verbringen. Willst du mich heiraten?«

Sadie stand einen Moment lang da und starrte ihn mit offenem Mund an, aber wenige Sekunden, nachdem das letzte Wort seinen Mund verlassen hatte, kniete auch sie nieder und nickte hektisch. »Ja, Chase. Ja! Ich liebe dich. Ich liebe dich so sehr, dass du nie wissen wirst, wie schwer es mir gefallen ist, dir nicht zu sagen, dass ich dich liebe, als du auf dem Boden lagst.«

Sie schlang ihre Arme um ihn, und während ihre Handlungen einen stechenden Schmerz durch seinen Körper schießen ließen, kümmerte ihn das nicht einmal. Er lächelte und lehnte sich zurück, um ihr Gesicht in seine Hände zu nehmen.

»Ich habe noch keinen Ring besorgt; ich dachte, du hilfst mir dabei, einen auszusuchen, der dir gefällt. Ich wünsche mir nichts sehnlicher, als dich mit in unser Schlafzimmer zu nehmen und mit dir Sex zu haben.

aber dazu bin ich noch nicht bereit. Ich wollte aber nicht warten. Ich liebe dich, Sadie. Ich weiß, was du aufgibst ... einen Job bei McKay-Taggart, dein Leben in Dallas. Ich nehme das nicht als selbstverständlich hin.«

»Ich kann mir einen anderen Job besorgen und Sean und die anderen wären ja immer noch da. Ich kann sie immer noch besuchen, wann ich will, genau wie meine Tante Grace. Obwohl ich natürlich darauf bestehe, dass du später Wiedergutmachung leistest.«

Chase grinste. »Natürlich. Darf ich dich um noch was bitten?«

»Selbstverständlich«, sagte sie sofort.

»Glaubst du, du könntest mir beim Aufstehen helfen?«

Sie kicherte und erhob sich sofort. Sie streckte ihre Hand aus und Chase nahm sie mit einem Lächeln. Er wusste ohne jeden Zweifel, dass Sadie Jennings, die bald Jackson heißen würde, immer da wäre, um eine helfende Hand zu reichen, und er wäre immer da, um ihr zu helfen.

*

Die Rettung von Mary, Demnächst erhältlich!

Die Hochzeit von Caroline
Schutz für Summer
Schutz für Cheyenne
Schutz für Jessyka
Schutz für Julie (Demnächst erhältlich!)

Ace Security Reihe:

Anspruch auf Grace (Buch Eins)
Anspruch auf Alexis (Demnächst erhältlich!)

Und auch die folgenden Bücher von Susan Stoker werden in Kürze auf Deutsch erhältlich sein:
Aus der Reihe »Die Delta Force Heroes«:
Rescuing Mary (Buch 9)
Rescuing Macie (Buch 11)

Aus der Reihe »SEALs of Protection«:
Schutz für Melody (Buch 9)
Protecting the Future (Buch 10)
Schutz für Kiera (Buch 11)
Protecting Alabama's Kids (Buch 12)
Schutz für Dakota (Buch 13)
The Boardwalk (Buch 14)

Ace Security Reihe:

Anspruch auf Bailey (Buch 3)
Anspruch auf Felicity (Buch 4)
Anspruch auf Sarah (Buch 5)

BIOGRAFIE

Susan Stoker ist die New York Times, USA Today und Wall Street Journal Bestsellerautorin der Buchreihen »Badge of Honor: Texas Heroes«, »SEAL of Protection«, »Die Delta Force Heroes« und einigen mehr. Stoker ist mit einem pensionierten Unteroffizier der US-Armee verheiratet und hat in ihrem Leben schon überall in den Vereinigten Staaten gelebt – von Missouri über Kalifornien bis hin zu Colorado. Zurzeit nennt sie die Region unter dem großen Himmel von Tennessee ihr Zuhause. Sie glaubt ganz und gar an Happy Ends und hat großen Spaß daran, Geschichten zu schreiben, in denen Romantik zu Liebe wird.

Besuchen Sie Susan im Netz!
www.stokeraces.com

facebook.com/authorsusanstoker
twitter.com/Susan_Stoker
bookbub.com/authors/susan-stoker
instagram.com/authorsusanstoker
Email: Susan@StokerAces.com

www.ingramcontent.com/pod-product-compliance
Lightning Source LLC
Chambersburg PA
CBHW071526120726
47907CB00013B/1080